真ん中の子どもたち

温又柔
Wen Yuju

集英社

目次

装画　後藤美月
装丁　アルビレオ

真ん中の子どもたち

他者への深い尊敬の念は自尊心から始まる（トリン・T・ミンハ）

出発前夜

四歳の私は、世界には二つのことばがあると思っていた。ひとつは、おうちの中だけで喋ることば。もうひとつが、おうちの外でも通じることば。ところが、外でつかうほうのことばが、母はあんまりじょうずではない。

――だからママが困っていたらきみが助けてあげるんだぞ。

幼稚園で仲良しだったユウちゃんのお母さんが「琴子《ことこ》ちゃんのお母さんは日本語がじょうずね」と褒めたとき「おばちゃんのほうがずっとじょうずよ」と応《こた》えて私は大人たちを可笑《おか》しがらせた。「まあ、それはどうもありがとう！」ユウちゃんのお母さんが頭を撫《な》でてくれる。私はユウちゃんのお母さんが日本人だとは思いもしなかった。あの頃の私は、だれにとっても父親は日本人で母親は台湾人なのだと思っていた。両親のどちらかが日本人ではないことのほうが、この国では少々めずらしいのだとは知らなかったのだ。

十五年後の今、母は、私や父と同じパスポートを持っている。写真のある頁をめくり、眺める。国籍欄には「JAPAN」。発行年月日は「22 MAY 1992」だ。指を折ってかぞえてみる。母が日本に帰化してからもう八年が経っていた。十九歳の私には充分長く感じられる月日なのだけれど、

「まだ八年？　カナ、チョ・グー（もっと前みたいなのに）」

母自身はそんなふうに驚く。

「ママって、顔が全然変わらないね」

母のパスポートに見入っていたら、ほらパパもうすぐ帰る、とうながされる。私は自分のものだけを残して、母と父の分のパスポートは預金通帳や印鑑の入っている金庫の中に仕舞う。

早めに荷造りを終えられれば、ギョーザの具を皮に包みたかった。荷造りの最後の仕上げとして自分のパスポートを両親の金庫から取り出す頃には、家族分のギョーザが母の手によって完璧《かんぺき》に包みあがっている。

水餃《shuǐ jiǎo》でいいの？　と母に訊《き》かれて、ギョーザがいいの、と私は言う。我支持我女兒的提議（ぼくも賛成だよ）、と父が私に味方する。母のギョーザは、私たちの大好物なのだ。特別な

ものではない。鶏の挽《ひ》き肉を細かく刻んだキャベツと混ぜあわせて、皮でくるむ。食べたい数が包みあがったら、お湯を沸かして茹《ゆ》でるだけ。

今夜も私と父は、たっぷりと盛られた母の水餃の前で揃って頬《ほほ》を緩める。ゴマ油を醤油にたらしながら父は、自分が初めて日本から出たのは二十一歳のときだった、となつかしそうに話す。最初に台湾を離れたときのあたしは二十五歳になってた、と母も中国語で応じる。

「その点、ぼくらの娘は三歳のときから飛行機に乗ってたね」

私はひとつめのギョーザをのみこんでから、父にほほ笑み返す。

「そう。慣れっこだから心配しないで」

明日、私は上海へ旅立つ。

——中国語を勉強する？　それなら、台湾に来ればいいのに。二十五年前の天原《Tiānyuán》みたいにさ！

そう言ったのは、私が舅舅《jiù jiu》と呼ぶ伯父《おじ》だ。

台湾の親戚《しんせき》たちは父のことを、てぃえんゆぇん、と呼ぶ。小さかった頃の私は、てぃえんゆぇん、と父が呼ばれるときのその響きを、義兄《にい》さん、とでもいったような意味のことばなのだと解釈していた。

父のための響きだと思っていたので、いざ自分がそう呼ばれるようになると、はじめのうちはこそばゆかった。私が通う中国語の専門学校・漢語学院では、学生同士がお互いの姓を中国語で呼び合う。

――そのほうが、自分のほんとうの名前を呼ばれている感じがしてうれしい。

そう言っていたのは、同級生のひとりである呉《ご》嘉《か》玲《れい》だ。

――あなたと似たような境遇の女の子がもうひとり入ってくるのよ。かのじょのほうは、お父さまが台湾の方だったわ。

鄭《てい》先生――中国語風に言うなら鄭《Zhèng》老《lǎo》師《shī》――が教えてくれたのは入試に合格後、手続きのために漢語学院をおとずれたときだ。

――わたしの母は台湾人です。そのため、中国語を身近に感じてきました。子どもの頃からずっと、母のことばを学んでみたいと思っていました。

副学院長の鄭老師は、入学試験のときの面接官だった。

(お父さんが台湾人?)

春休みのあいだじゅう、もうすぐ知り合える自分と似た境遇のかのじょについて私はよく考えた。まるで、離ればなれになっていた双子の姉妹を夢みる調子で。

入学式でもらった新入生名簿を見て、ひとめでわかった。この子だ。母の国を感じさせる姓名の持ち主は、一人しかいなかった。

――ほら、見て。

その呉嘉玲が、私にだけそれを見せてくれたのだった。深緑色の表紙に「中華民國REPUBLIC OF CHINA」という文字が刻まれている。

――あたしはみんなとちがう。特別なのよ。

私たちが生まれた頃の日本は、日本人の父親を持つ赤ん坊にしか日本国籍を与えなかった。呉嘉玲のパスポートの色が私は懐かしい。母が八年前まで持っていたものと同じだったから。台湾人のパスポートは深緑色なのだ。

（ずっと、母のことばを学んでみたいと思っていました）。ねむる前にもう一度、私は自分のパスポートの写真がある頁をめくって、生年月日が記された欄を見つめる。

「30 JUL 1980」

二十歳を迎えた日の私はきっと、いまよりもずっと中国語がじょうずになっている。

上海にて

今から、てぃえんゆぇん、ではなく、琴子、と呼ぶねと呉嘉玲が宣言する。

上海で迎える最初の夜、それぞれのベッドに横たわっていたときのこと。そのほうが友だちっぽいでしょ、とはしゃぐ声がくすぐったい。それなら、うー・じゃーりん、じゃなくて、嘉玲《かれい》と呼ぼうかな？　と私も提案するのだけれど、その響きあまり好きじゃないんだよね、と拒まれる。

「だっていびつでしょ、中国語を無理やり日本語にしたみたいで。ご・かれい、よりも、Wú Jiālíng と発音したほうがずっと素敵だと思う」

「かれいも可愛いなってあたしは思うけどなあ」

「ちなみにパパとママはリンリンって呼ぶよ。赤ちゃんのときからずっと同じ」

嘉玲《Jiā líng》の「玲」をふたつ重ねて、リンリン。鈴の音のような可愛らしい愛称に私はたちまち惹かれる。かれい、よりずーっと素敵でしょ、と呉嘉玲の声も誇らしげに輝く。

　このときから私にとっての呉嘉玲は、玲玲《Líng líng》となった。実はね、とこちらも告白する。

「わたしも、パパとママからは琴子じゃなくてミーミーって呼ばれてるの」

「ミーミー？　わあ、ぴったり。因爲妳一直笑咪咪（あなたはいつも笑ってるから）」

　玲玲の言うとおり。私のミーミーは、「笑咪咪《xiào mī mī》（にこにこ笑う）」の「咪咪」からきている。

「そしたらあたしも、てぃえんゆぇんのことミーミーと呼ぶ！」

「玲玲《Líng líng》と咪咪《Mī mī》かあ。なんだか姉妹みたいね」

「いいね。あたし、妹が欲しいなっていつも思ってた」

「わたしは、お姉ちゃんがいたらなあってよく考えてた」

　私たちは、どちらも一人っ子なのだ。

「でもミーミーのほうがお姉ちゃんだよね？」

「リンリン、早生まれだもんね」

　私は夏の盛りの台北で生まれた。その七か月後、真冬の東京で玲玲は生まれる。

「でも、うれしい。あたし、友だちからリンリンって呼ばれるの、ミーミーがはじめてだ」

　私はちがう。彗《すい》も、私のことをミーミーと呼ぶ。ただし、ふたりきりのときだけ。

「そのひと、彼氏？」

そういうことになる。私が認めると、

「空港に来てたひとだよね？」

「やだ、見てたの？」

彗は、旅立つ私を見送るために朝早く家まで迎えに来てくれた。彗がいるにも拘わらず、

――べんきょう、大事。でも不要太累！　ベーサイ、ボー・チャア・ミーキャ。妳一定アイ・クンパー！

（勉強も大事だけど、ほどほどにね。ちゃんとおなかいっぱい食べて、たっぷり眠るのよ）

中国語と台湾語をちゃんぽんにしながら、母は私に言い聞かせる。空港にはリムジンバスでむかった。ミーミーのお母さんチューゴクゴ喋ってた、かっけえなあ、と彗が嘆息する。バスに乗っている間に彗は、你好《ニーハオ》（こんにちは）、謝謝《シエシエ》（ありがとう）、再見《ザイジイエン》（さようなら）そして加油《ジャーヨウ》（がんばれ）という中国語を覚える。

――ジャーヨウ・ミーミー、ジャーヨウ・ミーミー！

そう言う彗の目が潤む。会えないのは一か月足らずなのに。一緒に旅立つ同級生たちに見られると照れくさいので、彗とはバスを降りてすぐに別れた。

「あたしとママもすぐ近くでタクシー降りたの。おかげで、我的女兒應該沒有那樣的男朋友

（あたしの娘にはあんなふうに見送ってくれるボーイフレンドがいないようね）って言われたんだから」

　肩をすくめる玲玲を私はうたがう。

「真的沒有嗎（ほんとにいないの）？」

　玲玲は、だってあたしまだ男子を好きになったことがないもん、と真顔で断言する。男子、だなんて。中高生みたいな言い方が可笑しい。玲玲は至極真面目に、

「好きと言われたことはあるけど。今までに三回だけ」

　それから玲玲は三人の男の子の名前を言いはじめる。玲玲の彼氏になれなかった可哀相な男子たち。私が笑いをこらえていると、

「てぃえんゆぇんのパパとママの気持ち、わかるなあ。この感じは、絶対にミーミーだね」

　なによそれ、と笑う私に、ほらほら笑咪咪《シャオミーミー》と玲玲は楽しそうに口ずさむ。

　朝を迎えた私たちは、別々の教室に向かう。誕生日の順番からすれば、ミーミーのほうが「姉」なのだけど、「妹」であるリンリンのほうが中国語はずっとよくできるのだ。

　私のクラスには漢語学院の仲間である日本からの学生しかいないけれど、玲玲が入る上級班には色々な国から来た留学生がいるという。

　——日本からは、あたしともうひとりだけ。

そう言って玲玲は思わせぶりに笑っていた。玲玲が、日本人はふたりだけ、と言わずにあえてそう表現する理由は台湾のパスポートを持つ自分自身のことがあるからなのだと私は思った。でも、それだけではなかったのだ。

翌日の夕方、部屋に戻るとドアは開けっぱなしで、玲玲がだれか——それも、男の人だ——と話し込んでいる。もう友だちを部屋に連れてきたの？　少し驚きながら顔をのぞかせると、

「ミーミー、おかえり！　このひとはね……」

「ぼくは、りゅう、と言います。りゅう・しゅんや。よろしくね」

人懐っこい笑みで、りゅう、という苗字をやや尻上がりに発音する。アマハラコトコと言います、と私も自己紹介する。

「お水を設置してもらったの」

今朝部屋を出たときには空っぽだったウォーターサーバーの中身が満杯になっている。一部屋にひとつずつ配給されるので取りに来るよう伝達されていたことをすっかり忘れていた。りゅうと名のるそのひとに礼を言うと、

「お安い御用です。それに、美女《měi nǚ》たちの力になれるなんて嬉《うれ》しいですから」

美女、を意味する měi nǚ を強調しながら、いたずらっぽく笑ってみせるので、私もつら

れて笑う。

「日本語がすごくおじょうずなんですね」

すると、哪里哪里、还需要努力（いやいやまだまだですよ）と謙遜する。もう、と玲玲が呆れながら私に告げる。

「ミーミー、このひと日本語がうまくてあたりまえよ。Lóng Shùnzāi って名前のくせに、日本育ちなんだから」

「あはは、それ言うたら Wú Jiālíng もやんか」

ぽかんとしている私に再び笑ってみせながら、

「我姓龍、叫龍舜哉《LóngShùn zāi》。こんな名前ですが、日本から来ました」

私はようやく、りゅう、とも、Lóng とも名乗るかれが「日本からはふたりだけ」と玲玲が話していたうちのひとりなのだと気づく。中華風の姓名を持ちながら日本から来たという龍舜哉に、自分と同じ境遇を玲玲は予感した。

「先に話し掛けてきたのは、あっちなの。なかなか面白いひとでしょ？」

「うん。ちょっと気取ってるけど憎めない感じ。それに別れ際の挨拶が、ほな再见、だなんて」

「きょうの自己紹介でも、〝我的母语是 xī rì yǔ〟なんて言ってたんだから」

「シーリーイー？」

「西の日本語。わけわかんないよね」

そう言われてやっと、その音が「西日语」と結びつく。ぼくの母語は西日本語です？　おかしなことを言うひとだ。龍舜哉は「いま大学三年生で、あたしと一緒で喋るだけなら得意だけど、第二外国語の授業で教わるまでは一文字も中国語が書けなかったんだって」と玲玲が教えてくれる。

＊

わあ中華街よりも中国っぽい！　と寺岡《すーがん》が歓声をあげる。ばかだなあここは本物の中国なんだよと清水《ちんすうえい》が呆れる。藤井《てんじん》も、中国の中の中国って感じだね、とはしゃいだ声を出す。この活気懐かしいな、と感嘆するのは子どものときの香港旅行が契機で中国語をはじめた赤《ちー》池《ち》だ。私たちのだれもが、江南式の木造建築がひしめく豫園商城《よえんしょうじょう》の雰囲気をはじめてまのあたりにして興奮する。

——上海に来たら、いちどは豫園に行くべし！

満場一致で班长《bān zhǎng》（級長）に「就任」したばかりの松村《そんつうん》の提案は素敵だった。放課後になると早速、同学《tóng xué》（同級生）の数人で連れだって観光に繰り出した。玲玲も誘おうとしたが見つからなかった。

道教の神様を祀《まつ》る老城隍庙《lǎo chénghuáng miao》に行きたいという男性陣――松村と清水――と別れ、真っ赤な布に覆われた台にずらっと飾られた中国雑貨をながめていると、見てよ、と赤池が「囍」という形にくりぬかれた剪纸《jiǎn zhǐ》（切り紙）を掲げてみせる。なにそれ！　めっちゃ可愛い！　口々にはしゃいでいたら、棚の裏からひょっこりと顔を出した女性が、这都是婚礼的东西、对你们来说还早、と早口で喋りながら赤池の手元の剪纸を指さす。皆が私のほうを見る。

「これは結婚式の飾りだから、あなたたちにはまだ必要ないでしょって言ってる」

意味がわかったとたん、私の同学たちはけたけたと笑いだす。「你们是日本人？」と肉づきのいいその女性が私に訊く。是（そう）、と答えると、ザッベンニン、ザッベンニン、と唄うように口ずさむ。私の隣にいた赤池が、〝ザッベンニン〟是什么意思？　と訊く。女性が私を見る。私は、かのじょはあなたにザッベンニンとはどういう意味なのか質問しました、と訊き直す。女性の声が大きくなる。

「ザッベンニン？　ザッベンニンはあなたたちのことじゃないの！」

こうして、日本人《ザッベンニン》、は私たちがはじめて覚えた上海語になった。太っちょの女性も次々と私たちにたずねる。学生？　いつ来た？　どのぐらいいるの？　それで学費はいくらかか

る？　親の稼ぎはひと月にどのぐらいなの？　藤井や寺岡たちが聞き取れない早口の中国語にもすぐ反応できる私を、

「太棒了、你都听得懂！」

とその女性は褒めてくれる。

――えらいわ。あんたはあたしの言ってることみんなちゃんとわかる。

豫園観光を充分満喫し、宿泊先である大学の招待所に戻っても玲玲はまだ帰っていなかった。ひと息ついたところで電話が鳴る。

「喂（もしもし）？」

「玲玲？　是媽媽。妳今天怎麼樣……」

受話器に向かって、對不起、我不是玲玲（ごめんなさい、私はリンリンではないの）、と私は告げる。あらっ、という日本語が聞こえる。

「やだ、ごめんなさいね、娘とかんちがいしちゃったわ」

一瞬、何て日本語がじょうずなのだろう、と感心した。けれどもすぐに、ちがうちがう、と思い直す。玲玲はお父さんの方が台湾人なのだった。

――我的女兒應該沒有那樣的男朋友（あなたにはあんなふうに見送ってくれるボーイフレンドがいないのね）。

玲玲のおうちの「共通語」は中国語なのだ。お父さんが日本語をあまりできないためだという。玲玲がうっかり日本語を口にすると、

——再說一次！（もう一度言いなさい！）

中国語で言い直すように命じられ、抵抗するとお尻をぶたれるという。

——パパよりもママのほうがずっと厳しかったんだから。

いま私に語り掛けている日本語の声はやさしく、娘のお尻をぶつひとのものとは思えない。

私は、玲玲のお母さんが自分たちの先輩であると思いだす。

——樋口从在学的时候就是很优秀的学生！（樋口さんは在学中からとても優秀でしたよ！）

日中通訳者として第一線で活躍しているかのじょのことを、鄭老師たちは学院の誇りだと言っていた。

「琴子ちゃん、あの子のことよろしくね」

玲玲のお母さんとの電話を切ったあと、私も母と話したくなる。この時間なら暇を持て余しているはずだ。すぐに電話は繋《つな》がる。

「ミーミー？　リ・チマア・ツア・ウイン？　パパ、おうちまだ帰らないよ、他一直都在想妳……」

日本語と中国語と台湾語をちゃんぽんにしながら話す声が聞こえてくる。ミーミー、やっ

と暇ができたのね、パパったらずっとあなたのこと気にしてるのよ……いつまでも続きそうな母のお喋りをさえぎって、パパはいないの？　と訊ねると、パパ還沒回來、學生たちとごはんの日、と返ってくる。きょうは火曜日で父はゼミの日だったと私は気づく。今頃、布袋《プーダイ》戲《シー》――台湾の人形劇――の人形が飾ってある研究室で学生たちと話し込んでいるだろう。

大衆芸能を研究する父は大学院生のとき台湾に留学した。母とはその時期に知り合った。博士論文を提出した翌年に父は、いまも勤める私立大学に就職することになった。私が三歳になる年のことだ。

――この子の中国語は、ぼくなんかよりもずっと台湾人っぽいんだよ。

教え子たちにむかって、父が私をそう自慢していたことを覚えている。まだ、私がどちらかといえば中国語のほうが得意だった頃だ。小学校にあがると私は日本語ばかり喋るようになった。父は少し残念がっていたけれど、私に日本語を禁じることはなかった。私が中国語を勉強したいと言いだしたときは、母よりも父のほうが喜んでいた。

――ミーミーが自分からママのことばを勉強したいって言い出したんだ。それが嬉しくないわけがないじゃないか！

母と電話している最中、ドアの開く音がする。おかえり、と声をかけると、受話器のむこうから、ともだちデンライ？　と聞こえる。玲玲に母との会話を聞かれるのは照れくさかった。じゃあ切るね、と早口で母に告げる。目があったとたん、ただいまと言う間も惜しみ、ちょっときいてよ、さいあくなの、と玲玲は息巻く。

私が同学たちと豫園を観光している間、玲玲はひとりで外灘《ワイタン》に出かけていた。黄浦江《こうほこう》沿いで対岸の東方明珠《とうほうめいじゅ》電視塔を眺めていたら、にほんじんですか、と声を掛けられた。日本語を学んでいるという学生だった。日本語を練習する相手を欲しがるかれは玲玲にジュースを奢ると申し出る。玲玲は受け入れた。甘ったるいジュースを啜《すす》りながら、黄色く澱《よど》む川の畔で男子学生は玲玲を相手に、卒業したら日本で働きたい、そのために留学しようと思っている、きみは東京から来たというが水準の高い大学で最も評判のいいのはどこか、などと語った。日本語は確かにうまかったが、教科書を棒読みするようなぎこちなさは否めない。かれが言いよどんだところで玲玲が中国語に切り替えると、きのう来たばかりと言っていたのに何でそんなに言葉がうまいんだ、と驚かれた。子どもの頃から父親と話してたから、と玲玲は答えた。なおもふしぎそうに自分を見つめる青年に、我爸爸是台湾人、と告げる。わたしのお父さんは台湾人です、と。

「そしたらそいつ、なんて言ったと思う？　『きみ、知ってるか？　台湾なんて国家はないんだよ』」

玲玲はほとんど叫ぶ勢いだった。さらに、その男子学生はこう言い放ったという。

――台湾人か。その言い方にならえばぼくは上海人と名乗らなければね。

事の顚末《てんまつ》を鼻息荒く報告しながら、中国人ってほんと傲慢《ごうまん》だよね、と玲玲はこちらを見つめるのだけど、私は同意よりもむしろ感心する。現地の人と議論ができるのは、それだけの語学力がある証なのだから。氣死了（むかつく）！　と中国語でも息巻く玲玲に、そういえばお母さんから電話があったよ、と伝えると、玲玲はちょうどよかったとばかりに受話器をとりあげる。

「媽媽？　是我！」

玲玲は私がいてもかまわず、堂々と電話をする。つくづく年季の入った中国語だと思う。

「……實在很討厭！　那個中國人跟我這樣說。台灣人？　按你的說法、我也得說自個兒是上海人……」

玲玲が母親にまくし立てている。

――按你的说法、我也得说自个儿是上海人。

私に話したときは「その言い方にならえばぼくは上海人と名乗らなければね」と日本語で言っていたけれど、実際はそう言っていたのかと私はひそかに感心する。

中国語や台湾語をちゃんぽんにする母のことばを瞬時にそれらしい日本語に言い換えられる私を、父は時折こんなふうに褒めてくれることがあった。

——ミーミーは、ママの最高の翻訳家だね。

玲玲が日々行ってきたことは、そんな私よりもずっと本格的な「翻訳」なのだなと私は嘆息する。お母さんやお父さんと話すためには、学校や家の外でだれかと交わしたすべての会話を必ず中国語に置き換えなくてはならないのだから。

*

白いチョークで綴《つづ》ってみせた文章の、「还是」という部分を黄色いチョークで陳《Chén》老《lǎo》師《shī》は囲む。どんなに複雑そうに見えても文章には骨格があります、と日本語で説明してから、復習しましょう、と板書を書き写す私たちの顔を上げさせる。

「田中是中国人、还是日本人？」
（田中さんは中国人ですか、それとも日本人ですか？）
「日本人。他不是中国人」
（日本人です。かれは中国人ではありません）

陳老師の例文を皆で声を揃えて読む。ひとしきり唱えたあと、田中さんが中国人なわけないよね、と清水が呟《つぶや》き、うちもそう思う、と寺岡が同意する。ふたりの日本語は周囲に響きわたり教室に笑いが起こる。確かに、日本人ではない田中さんはなかなか想像できない。

——日本語がじょうずですねって、あたしもたぶん百回ぐらい言われたことあるよ。

そんなのは慣れっこだ、という口調で玲玲は言っていた。私が、玲玲のクラスメートである龍舜哉を中国人と間違えたときのことである。

——呉、と名乗ったとたん、日本人じゃないって判断される。そして、日本人じゃないのなら何で日本語がそんなにうまく喋れるのかって思われる。

田中さんは日本人に決まっている。清水たちの素朴な指摘に「これは文法の復習ですので」と陳老師はあくまでも冷ややかだ。私たち留学生一同は、再び例文を復唱させられる。

「你是中国人、还是日本人？」

（あなたは中国人ですか、それとも日本人ですか？）

「我是日本人。不是中国人」

（わたしは日本人です。中国人ではありません）

「外国人《wài guó rén》」として、「日本人」「美国人（アメリカ人）」「韩国人（韓国人）」「法国人（フランス人）」と連なる例文の中に「台湾人」の表記はない。

――台湾人か。その言い方にならえばぼくは上海人と名乗らなければね。

そのことが頭にあったので、放課後の「互相学习（相互学習）」の場で私は、李《Lǐ》と胡《Hú》というふたりの中国人学生に、我的妈妈是台湾人、と言う代わりに、我的妈妈是台湾的人、と言ってみる。

「私のお母さんは台湾のひと、です」

原来如此（どうりで）と先に口を開いたのは李のほうだ。

「我觉得你的普通话是所有人中说得最棒的」

（あなたはみなさんの中で最も中国語が上手だと思いました）

李の肩越しに清水と松村が別の中国人学生たちと身振り手振りで会話する姿がみえる。私の後ろでは赤池と藤井がやはりふたりの学生と筆談しながら会話をしていた。「最棒（最も上手）」。褒められると照れくさい。私が何か言うよりも早く、同胞《tóng bāo》、という中国語が李の口から飛び出る。

「你是我们的同胞！」

李だけでなく、胡もまた親しみのこもった笑みを浮かべている。

――あなたは、我々の同胞です！

ふってわいたような「仲間意識」に少し戸惑いはしたものの、ふたりの中国人学生の親近感はうれしく思った。私の両親がどちらも日本人であったのなら、たぶん寄せられなかったものなので。だからごく素朴な疑問として胡から、

「那么，你怎么普通话只有这种程度？」

（それなら、どうしてその程度の中国語しか話せないの？）

と言われたときは意味を摑み損ねて、貶《けな》されているのにも拘わらずほほ笑んでしまった。

その夜、陳老師の授業の復習をしていたらある文章が浮かんでくる。


你的爸爸和妈妈，哪一位是日本人？

（日本人なのは、お父さんですか、それともお母さんのほうですか？）

你的爸爸和妈妈，哪一位不是日本人？

（日本人ではないのは、お父さんですか、それともお母さんのほうですか？）


漢語学院に入学したばかりの頃、私は玲玲とともに「既修者」として、他の同級生たちとは別に鄭老師の補講を受けていた。ところが一か月ほど経つと、鄭老師は私を呼び出してこ

う伝えた。

——明日から天原は補講を受けなくてもかまいません。それよりも、他の学生たちとともに基礎をしっかり学ぶことのほうが今のあなたには大切だと判断しました。

要するに、私はレベルが足りなかったのだ。鄭老師にそう言い渡されて、私はむしろ安堵《あんど》した。補講クラスから「脱落」したと報告する私に、さみしくなるな、と玲玲は残念そうに呟いた。似た境遇である私をライバルのように玲玲は思ってくれていたのに、私たちの実力の差は初めから歴然としていた。

——あなたはみなさんの中で最も中国語が上手だと思いました。

それは、私たちのクラスに玲玲がいないからだ。

*

だれかが喋っている。

たぶん母と、舅舅《jiù jiù》に舅母《jiù mǔ》。阿姨《ā yí》もいるようだ。母の兄である伯父と、そのつれあいの伯母。母たちの妹である叔母。色々な声の中国語が、ねむっている私の耳のそばで波打っている。

父はどこに行ったのだろう。父の声だけが聞こえない……夢とうつつの半ばで私が耳にしていたのはテレビから流れてくる中国語だった。

私は台湾にいるのではない。上海だ。

そう気が付いたあともしばらく、朝のニュースを告げる中国語の音に身を浸しながらうつらうつらとしていた。

――ミーミー、起床（起きなさい）！

玲玲の声が聞こえる。次に目を覚ましたとき、玲玲の姿はとっくになく、テレビも消えていた。時計を見て跳ね起きる。朝食の豆漿《dòu jiāng》と油條《yóu tiáo》を諦めて、どうにか遅刻は免れた。

星期五（金曜日）。留学生活が始まって最初の週末だ。心なしか皆そわそわしている。終業を告げるベルが鳴ると、

「走吧（行くよ）！　蟹《かに》、食べにいこう、蟹！」

連れだってバスを乗り継ぎ、南京路《ナンジンルー》を目指す。道中、私の同学们（同級生たち）は知る限りの中国語をぽんぽん口にする。「高兴极了！　终于吃到上海蟹」「完全同意」「肚子饿了」

……うれしすぎる！　ついに上海蟹が食べられるのね。激しく同意。お腹減ったよぉ……皆、あたらしく覚えた言葉を口にするのがとても楽しそうだった。

――你怎么普通话只有这种程度？

（どうしてその程度の中国語しか話せないの？）

胡の素朴な疑問がまた胸をよぎる。外国語として学びだして一年弱の日本人としてなら、褒められるのには充分。けれども台湾人の母親を持つわりには、私の中国語は決してうまくはないのだ。

　赤池が予約を入れておいてくれた上海蟹専門の餐厅（レストラン）で私たちを給仕することになった張《zhāng》氏は、わたし日本語できます、と胸をはる。「蟹ね、脚のばす。一本ずつねじって、外すよ」「そしてひっくり返す。いらないとこ、とる。それもとる」「お好みで、これつけてね。酢や黒酢よ。ショウガもある」「最後、蟹のツメね。ここいちばん美味しい。肉、詰まてる。紹興酒いる？　だめ？　皆、まだ子どもか」

　かなりざっくばらんではあるけれど、ちゃんと伝わる。わたし奥さん日本人なのよ、と白い歯を見せて笑う張氏に、あなたの日本語が好きです、と言わずにいられなかった。なんでよ？　張氏は真顔でそう訊き返す。

　念願の上海蟹を堪能したあとは、観光だ。

　最大の繁華街である南京東路《ナンジンドンルー》は、週末だけあっておおいに賑《にぎ》わっている。日が傾きかけて暑さはいくぶんか和らいだはずだが、ひとの熱気が凄《すご》かった。これから松村と清水は競馬場跡である人民広場を見に行く。藤井や添《ていえん》田《ていえん》たちは南京西路《ナンジンシールー》まで足をのばすつもりだ。

「てぃえんゆぇん、你呢（あなたは）？」

「わたしは外灘に行くつもり」

「外灘も捨てがたいなあ」

「すーがんも、そっちにする?」

「うーん、やっぱ今回は美食にしとく」

茶目っ気たっぷりに寺岡は舌をだす。南京西路の南側は、評判の飲茶やカフェが集中していて美食エリアとして知られているのだ。藤井が気遣ってくれる。

「てぃえんゆぇん、ひとりで平気?」

むしろ、ひとりになってみたかった。二手に分かれる同学たちに手をふる。日本語は一挙に遠ざかり、中国語だけが飛び交う雑踏の中を歩きだす。繁華街を抜けると、やっとそよ風が肌をさすってくれる。

ゆるやかに彎曲《わんきょく》した川べりに佇《たたず》む建物は一つ一つが立派だ。上海が「東洋のパリ」と謳《うた》われた時代、この一帯には官庁、領事館、銀行、商館のための建築物が当時最高水準の技術をもって次々と建設された。石造りの建築物群は、黄色く澱んだ川をのぞみながら今も堂々とそびえている。たぶん、私の祖父母の両親の世代にあたるひとたちが、今の私と同じ年頃だったときと変わらぬ姿で。百年前の建物に背を向け、浦東《プードン》地区の高層ビル群を見つめようと河岸に歩み寄ると、都会を流れる川特有の臭気が漂う。鼻をつまみたくなるひともいるだろうけれど、台湾の祖父母の家のそばを流れていたどぶ川を思いださせるこの臭いが、私はそれほどきらいではない。

　鐘が鳴る。

　十五分ごとに旧江海関《こうかいかん》の時計台から響き渡るのだ。メランコリックな旋律に耳を傾けながら、夕焼けに染まる上海の川の畔に自分が今いるということを甘く噛《か》み締める。

　あとになって、自分をうっとりとさせたこのメロディーは「東方紅《ドンファンホン》」という曲で、毛沢《もうたく》東《とう》を讃《たた》えるものだと知った。そして、小学一年生の秋、運動会の開会式のリハーサルで流れた音楽をはじめて聞いたときのことを連想した。私たちは整列させられて、旗がしずしずと掲揚されていくさまをしっかりと見届けるようにと指示されていた。日の丸——「国旗」と先生たちは言った——の描かれた旗が、空にむかって掲げられていく儀式を厳かに盛り上げる音楽が、幼い私の胸を打つ。家に帰ってから両親に、とってもいい歌なの、明日の開会式で絶対聞いていてね、と伝えた。

　——旗があがるときに、それは流れていたの？

　——うん。

　——ミーミー、その歌はね、君が代、と言うんだよ。

「君が代」と呼ばれるその歌を毎年うたっているうちに、小学校を卒業する頃には歌詞を暗記していた。台湾で育っていたら、母やおじにおば、いとこたちのように「三民主義」を覚えたであろう代わりに。日本で育った私が中国語を勉強するために上海へ行くと知った親戚たちは、口を揃えてこう言った。

——爲什麼去中國？　來台灣比較好！

（中国じゃなくて、台湾に来ればいいのに！）

黄浦江の畔で私は、かつての台湾では絶対に流れることがなかった旋律に浸っている。

东方红、太阳升、

中国出了个毛泽东。

他为人民谋幸福、

呼儿咳呀

他是人民的大救星……

音楽は余韻を残しながら静かに途切れる。ミーミー、と聞こえたときはほとんど現実味がなかった。ミーミー、ミーミー。声は本物のようだ。音のほうへと顔を向けると私は静かに驚く。

「あ……」

「よかった。いちおう、おぼえてるという反応だ。ぼく、龍《りゅう》です。龍　舜哉《りゅうしゅんや》。呉嘉玲《Wú Jiā líng》と同じクラスの……」

　教科書の例文が浮かぶが、声に出なかった。

　――我没想到能在这儿碰见你！

（こんなところであなたに会えるとは想像もしなかった！）

ひとり？　とたずねられる。薄紫色だった空はさっきよりも夜に近づいていた。黄浦江の水面が強く波打つと思ったら船が横切っていく。はい、と答える自分の声が掠《かす》れる。ぼくもだよ、龍は言う。

「ひとりでぶらぶらしてて、あれっ、あの子はって思って、そうだったらいいのになあ、って思いながら近づいてみたら、ほんとにミーミーだった」

　ミーミーと呼ばれてどぎまぎする。私をそう呼ぶのは、今のところ、両親と彗、それに玲だけなのだから。船がまた、汽笛を鳴らしながら近づいてくる。

「いいね。おれ港町で育ったから、あの音を聞くと懐かしくなる」

　音が遠のいてから、龍舜哉は嚙み締めるようにそう言った。思いがけないひとがそばに立っているからか、絵葉書そのものといった美しい光景から自分だけが剝《は》がれ落ちそうな落ち着かなさを覚える。龍の視線が対岸に移る。

「大《dà》珠《zhū》小《xiǎo》珠《zhū》落《luò》玉《yù》盤《pán》……」

「え？」

「白楽天の詩。東方明珠の設計者はこの詩からインスピレーションを得て、あんなふうに丸っこい珠が二つくっついてるデザインにしたらしい。にしても、ここから見るとあっちはすごい未来世界って感じやなあ。たった数年前までは、畑と倉庫しかなかったとは信じられへん」

私は、西《xī》日《rì》语《yǔ》ということばを思いだす。関西弁が中国語ではそう表現されるとは知らなかったと告げたら、

「まあ、おれ以外のやつが言ってるのまだ聞いたことないけどね」

また標準語に戻っているのだ。

「自由自在なんですね」

「そう思う？　実を言うと子どもの頃はしょっちゅうからかわれてたんや。シュンヤのは東京語訛《なま》りだって」

「東京語？」

「うん。子どもやから、ヒョージュンゴって言い方を知らんやつばっかで」

私は笑う。そのとたん、緊張がほぐれるのを感じる。私たちはそのまま、しばらくのあいだ対岸を見つめる。汽笛の音がまた響いた。夜になりつつある街の灯りを映し出す水面がゆらゆらと煌《きら》めく。風が吹く。良い匂いがする。草を刈ったあとのような瑞々《みずみず》しい香りだ。龍のほうを見ると、あちらも私を見ていた。目が合うと、

「吃饭了吗（ごはんは食べた）？」

「何それ。中国人みたい」

可笑しがる私に、文字どおりの意味だよ、と笑ってみせる。

「もしよかったら今から一緒に食事でもどう？」

そこで、ふたたび鐘が鳴りはじめるのだ。外灘に広がる薄紫色の空は、いよいよ夜そのものになろうとしている。

「ふたりきりだと、彼氏に悪い？」

龍舜哉から目を逸《そ》らし、私はうなずく。視界の端で、笑っている気配がこそばゆい。

「正直だね、我很羡慕你的男朋友」

――きみの彼氏が羨《うらや》ましいよ。

日本語に直したとたん、そのフレーズが胸の中で甘く焦げあがる感じがする。

私たちは同じタクシーで帰ることにする。

――あたしと一緒で喋るだけなら得意なのよ。

タクシーの運転手に行き先を告げる龍舜哉の中国語は確かにとてもなめらかだった。車が走り出す。時報ののち、ニュース番組らしき音声がカーラジオから流れ出す。内容を理解しようとするのだが、早口だし、知らない词汇《cí huì》（単語）がぽんぽん出てくるのでほとんどお手上げだった。龍はどうなのだろう？　そう思って横を見ると目が合う。

「ぴったりやね」

「え」

「笑咪咪、だから、ミーミー、なんやろ？」

玲玲と同じようにすぐ言い当てる。それから龍は、呉嘉玲から話を聞いていたからおれ勝手にミーミーに親近感を抱いてた、と告げる。

「玲玲がわたしの話を？」

「うん。まじめでやさしくて、ちょっとのんきで……朝に弱いって」

玲玲ったらもう、と恥ずかしがる私にむかって龍は可笑しそうに続ける。

「あと、お母さんが台湾人だってことも」

「…………」

「自分と似た境遇だから安心して一緒にいられるって言ってたよ」

玲玲が私のことをそんなふうに思ってくれているなんて。タクシーの速度があがる。街灯の橙色がリズミカルによぎっていく。

「龍さん……」

「かたくるしいなあ。シュンヤと呼んでよ」

「舜哉、さん、は」

「さん、は余計や。舜哉。そう呼ばなきゃ返事しませんよ」

笑いを含んだ声が、くすぐったい。私は覚悟を決める。

「舜哉、も、わたしたちみたいに両親のどちらかが台湾か中国の方なんですか?」

なんやねん、と舜哉は言う。呉嘉玲のやつ、おれのことはミーミーになんにも話してないんやなあ、と嘆く。がっかりしているそのさまが可笑しくて、私はつい笑ってしまう。舜哉は気を取り直したように、

「うちは、ふたりとも元中国人ってとこかな」

「元中国人?」

「うん。父親の育った家は商売人だった祖父《じい》ちゃんの決断でさっさと家族全員で日本の国籍をとった。母親のほうは大人になってから就職のために自分自身で帰化してる」

舜哉の父方の祖父は、元々「劉」という姓だったが、日本の常用漢字になかったので、同

じ「リュウ」という音を持つ「龍」に改姓した。祖父ちゃんたちは日本国籍を持つと同時にドラゴンになったんや、といたずらっぽく告げる。

「どうせ帰化するなら、もっと日本人っぽい名前にすればよかったのにね。おかげでぼく、子どもの頃から苗字を言うたび、ややこしい思いをひとにさせてます」

確かに私も、舜哉の名まえを聞いて混乱したひとりだった。でも、両親のどちらも元々は中国人なら、舜哉自身はナニジンなのだろう？

「はは。ミーミーは、おれをナニジンだと思う？」

逆に訊かれて、私は動揺する。

ラジオでは天気予報がはじまる。北京からはじまり、上海、広州、成都、瀋陽、南京、杭州、西安……聞き慣れないため、すぐには日本語にならない地名も続く。大きいなあ、と舜哉が呟く。

「え？」

「中国って大きい。これだけ大きければ、おれみたいな中国人がいてもおかしくないんちゃうん」

「……ということは、中国人だと思っているんですね」

「まあね。とはいえおれ、うまれたときから日本国籍の持ち主でもあるんやし……」

舜哉は私の目を見つめながら言った。

「だからおれは、自分を日本人やとも思ってる」

日本人だとも思っている？　私の困惑を予想していたように舜哉は笑ってみせる。

「ミーミーも同じやろ。日本人であって、台湾人でもある」

舜哉の肩越しに、揺らめくネオンが見えた。あの瑞々しい香りは、やっぱり舜哉から漂っていると確信する。

「……わたしは、自分のことをそんなふうに考えたことはなかった」

「じゃあ、どんなふうに考えてるの？」

強いて言えば、日本人と台湾人が半分ずつ、だと思っていた。同じことだよ、と舜哉が笑う。

「どっちにもなれるってやつだ」

タクシーは大通りを折れて、入り組んだ路地を走っていた。車窓越しに、見慣れた景色がよぎっていく。私は、舜哉が自分に寄せる親近感の意味に気づく。そして、自分たちを乗せたタクシーが目的地に近づきつつあることを、急に名残惜しく思う。

「それにおれの爺《yé》爺《yé》（父方の祖父）は台湾出身」

「え？」

「日本統治時代の台湾から日本に渡ってきて住みついて、戦後のどさくさで中華民国籍になったんや」

「中華民国……」

私が呟くと同時に、「过了下个红绿灯就靠边停车（次の信号を過ぎたら路肩に停めてください）」と、とてもなめらかな中国語で舜哉は運転手に告げる。

舜哉はタクシーの代金を受け取ってくれない。「ほな、あれ奢ってよ」と示したのは、寝坊さえしなければ通学途中に必ず寄る小さな屋台だ。夜なので、お気に入りの油條《yóu tiáo》はなかったけれど、焼き小龍包《シヨーロンポー》なら売っている。ふたつ、買う。私から受け取った焼き小龍包を立ったまま旨そうにほおばり「どっかの高級レストランよりずっといい」と舜哉はほほ笑む。

大学招待所は南棟と西棟の二つに分かれている。私たちが滞在する南棟は外国からの留学生が多いが、西棟には中国の学生も少なくない。

「おれは西の住人なんだ」

わざとそんな気取った言い方をする。南棟の入り口で私たちはどちらからともなく向かい合う恰好《かっこう》になる。

「ミーミーのおかげでいい一日になった」

わたしも、と言おうとするこちらをじっと見つめる視線がくすぐったい。ありがとうございました、と早口で告げると、なんや急にまた他人行儀やなあ、と笑われる。別れ際はやはり「ほな、再见」だった。

部屋に戻ると、玲玲は電話をしているところだった。「好、明天見!」。受話器を置くとよほど楽しい電話だったのか満面の笑みのままこちらを向く。

「ねえ、ミーミーも明日深圳《シンセン》に行かない?」

「深圳?」

「うん。従姉《いとこ》が住んでいるの。ミーミーのこと話したら、週末だしふたりで泊まりにおいでよって。航空券なら、姉夫(従姉の夫)が経費で落としてくれるからって」

急すぎる誘いに私は動揺する。そして思いだす。

「でもあさっては、みんなとちーちの誕生会の準備をしなくちゃ」

「ちーち? あ、赤池《Chi chi》ね。ミーミーもそれ参加しなきゃだめなの?」

だめも何も、玲玲も誘ったはずだ。

「そうだっけ。ごめん、忘れてた。じゃあ、ミーミーは深圳には行かないってことね?」

「残念だけれど……あれっ、そしたら玲玲、明日の朱家角《ジュージャージアオ》も行けないってこと?」

「だってあれ、自由参加でしょ」

「けれど、みんな残念がるよ」

「何言ってんの、だれも気にしないって。それにしても月曜日から金曜日まで毎日一緒なのに週末も皆揃って遠足だなんて。日本人ってほんとつるむの好きだよね」

まるで、わたしたちは日本人ではない、という口調なのだ。

「……そういえば、きょう龍《りゅう》 舜哉《しゅんや》さんと会ったよ」

「だれ？」

「龍さん。玲玲のクラスメートの。ほら、お水を設置してくれた関西弁の……」

「ああ、龍舜哉《LongShùn zāi》。何？　龍舜哉がどこにいたって？」

「うん、あの、外灘の時計台の近くで偶然……」

「ったく、あいつ、きょうも授業には来なかったのに。ほんといいご身分」

私は可笑しくなる。

――おれたちみたいなのは、どっちにもなれるんや。

いいご身分、という言われようが確かにあのひと――龍舜哉――には何だかよく似合う。

*

ろうそくは計二十本。炎は、赤池が吹き消した。まるいケーキを、清水が人数分に切り分ける。慣れた手つきはレストランでバイトしているだけある。少し召し上がったら、と添田に勧められた近藤《じんてん》が、わたしは気持ちだけいただきます、と慎み深く辞退する。そのほうが青年们（若者たち）の取り分が増えてよいでしょう、とほほ笑む。谢谢近藤同学！　と素直に喜ぶのは寺岡だ。添田が、うちの主人なんて未だに息子たちと争うのにね、と苦笑しながらケーキの載ったお皿を私たちに配る。私のとなりでケーキを一口齧《かじ》った赤池が、非常甜（甘い）！　と声をあげる。

「是吗（ほんと）？」

「真的（ほんとだ）！」と同学们のはしゃいだ声が続く。

中国語をまなぶ私の仲間の経歴はつくづく思うにさまざまだ。

近藤は定年退職後に一念発起して中国語を学ぶことを決意した。息子さんが高校生になるのを待ち入学した添田は学校でも「妈妈（お母さん）」と慕われている。会社を辞めて入学した油川《ようちゆあん》は「人生は一度きり」が口癖。大学生だった藤井は大学院に進むか漢語学院に来るか悩んだ結果、私たちの同学となった。多数を占めるのはやはり、私と同じように高校を出てすぐに入学した学生だ。

「あたしがハタチのときは、十年後の自分がこんなふうに中国語を勉強しているなんて全然想像しなかったなあ」

しみじみと呟いた油川が、

「十年なんてあっというまなんだから、いまのうちにちゃんと青春を謳歌《おうか》するのよ！」

と、わざと先輩風を吹かせる。寺岡が、人生は一度きりですもんね、と油川の口ぶりを真似ながら応じる。

「ねえ、ほかに留学中に誕生日を迎えるひとっている？」

藤井がみんなの顔をみまわす。はい、と清水が手をあげるが、うそつくな、三月って言ってただろ、と松村に暴露される。あれ、天原も七月じゃなかった、と赤池。いつ？　と問う寺岡の声も弾む。私が、三十日、と答えると、

「えっ、もしかして帰国日？」

実はそうなのだ。

「それじゃあ日本に帰る前に、またみんなで祝你生日快乐《Zhù nǐ shēng rì kuài lè》が歌えるね」

私たちは赤池のためにそれを歌ったばかりだった。ハッピーバースデートゥーユーのメロディーにのせて。

「祝你生日快樂」と「ハッピーバースデートゥーユー」。

子どものときから我が家では、家族のだれかが誕生日を迎えると中国語と日本語を一回ずつ歌って祝った。玲玲のおうちはどうだったのだろう？　誕生日のときにもやっぱり「祝你

生日快樂」だけを歌ったのだろうか？

訊こうと思っていたのに、タイミングを逃してしまった。一泊二日の旅行から帰ってきて早々、頬を紅潮させながら玲玲は私に報告した。

――頭にきちゃった。審査官が、あたしの台《tái》胞《bāo》証《zhèng》を、さもうさんくさそうに眺めるの。これは假《jiǎ》造《zào》（偽物）なんじゃないのかって……

虹橋《ホンチャオ》空港で深圳行きの飛行機に乗ろうとしたときのことだという。

――国内線でも台胞証を提示しなくちゃならないなんて知らなかったの。

「中華民國」のパスポートを持つ玲玲は、中華人民共和国に入国する際、「台湾居民来往大陸通行证」――通称「台胞证」――を提示しなければならない。日本のパスポートを持つ私たちとちがって、「台湾人」として中国に足を踏み入れる玲玲は、単純な「外国人」とは扱われないのだ。そうかといって「本国人」というのでもない。いまも続く台湾と中国をめぐる政治的な緊張関係のせいで、今回の国内旅行でもまた玲玲は自分が実に微妙な立場にあると思い知らされた。さらに事態をややこしくしたのは、中華民国籍所有者なのに玲玲が日本に住んでいることだった。玲玲の「台胞証」は駐日中国大使館が発行した。虹橋空港国内線の審査官たちにとって台湾に住所を持たない中華民国パスポート所持者はめずらしかった。そのために玲玲は根掘り葉掘りしつこい質問を受けなければならなかった。何よりも玲玲を苛立《いらだ》たせたのは、審査官たちがかのじょの中国語を馬鹿にする素振りだったことだ。私に報告しながらまざまざと怒りが蘇《よみがえ》ってくるのか、玲玲はほとんど叫んでいた。

——あのひと、あたしの目の前で、他应该是台湾人、因为他的普通话带着很强南方口音って堂々と言うんだよ！

まあこの子は台湾人にはちがいないだろう、何しろひどい南方訛りだからな……という意味の中国語に屈辱をおぼえるのだった。しかもその審査官は「我的孩子才三岁、他说的普通话比这个女孩还标准（おれの息子はまだ三歳だけど、息子のほうがこの女の子よりずっと標準的な中国語を喋ってる）」とも呟いたという。

——あたし、思わず言ったの。你們說的壞話我都聽得懂！

あなたたちの悪口はぜんぶ聞き取れてますから、と叫ぶ玲玲をその審査官たちは合点の行かぬ表情でちらと見返しただけだった。南方口音、というのが壞話（悪口）という自覚も、たぶんなかった。それが玲玲はことさら許せなかったと顔を真っ赤にしながらまくしたてる。

——だから中国人っていやんなる。zī、cī、sī の何が悪いの？　うまれつき zhī、chī、shī が言えるからって何がそんなに偉いの？

さすがに疲れたのだろう。三十分前に烈火のごとく叫んでいたのが嘘のように、玲玲はすやすやと安らかな寝息を立てながらねむっていた。豆電球の灯りの中、奇妙に目が冴えてしまった私は東京で見せてもらった深緑色の表紙の玲玲のパスポートを思いだす。

――あたしはみんなとはちがう。特別なのよ。

留学生活がはじまってからも何かにつけてそう主張したがる玲玲の気持ちが少し理解できた。呉《Wú》嘉《Jiā》玲《líng》という中華風の姓名だけではない。親の一方が台湾人という境遇は同じでも、天原琴子と名乗りながら日本のパスポートを持つ私のほうが、よっぽど日本人の同学たちに近いのだから。

＊

陳老師は毎回一人ずつ、授業の冒頭で生徒に約一分間のスピーチをさせる。きょうは赤池の番だ。

「因为这是我第一次开始在外国生活、所以感到特别紧张。现在因为有好朋友的照顾、并不感到孤独。我会努力学习到离开那天为止」

（外国で過ごすことは初めてなので、とても緊張しました。今、私は、よい仲間に恵まれて、孤独ではありません。最後の日まで努力して学びたいです）

赤池が発音する「外国、wài guó」という響きにつられて、

――かのじょの外國《wài guó》暮らしも、もう十年になります。おとうさんたちや皆さんから引き離したことがいまだにすまない気持ちも……

いつか台湾で、父が義兄――私が「舅舅」と呼ぶ伯父――にむかって話していたときのことがよみがえる。父が、日本、rì běn、ではなく、外國、wài guó、と言ったことが妙に印象に残ったのだ。

――おとなしそうに見えるけど、昔からぼくら兄妹の中ではあいつが一番勇敢なんだよ。

外國人《wài guó rén》と結婚することになったときも、だれも驚かなかった。

父につられたのか、舅舅も、日本人、rì běn rén、と言う代わりに、外國人、wài guó rén、と言っていた。母にとっては日本が「外國《wài guó》」だけれど、台湾にいると父は「外國人《wài guó rén》」と呼ばれる。中国語で交わされるおとなたちの会話を聞きながら、私にとっては日本も台湾も「外国」ではないのに、とふしぎな思いをしたことがあった……私の上の空に気づいた陳老師が、

天原《Tiānyuán》！　と呼ぶ。ハイ、あわてて応えると、

「天原同学、你对赤池同学的演讲有什么感想？（天原さん、赤池さんのスピーチに対してどのような感想を持ちましたか？）」

我《wǒ》、わたしは……急いで中国語を組み立てる。

「我也参加了赤池的生日会。跟大家一起为他祝福、我也很高兴（わたしも、赤池さんのお誕

生日会に参加しました。みんなでかのじょをお祝いできて嬉しかったです）」

陳老師は無表情のまま日本語に切り替えた。

「さすが、天原。とても流ちょうです。ただし、巻舌の発音をもう少し意識しなさい。〝誕生日〟は、sēng rìではなく、shēng rìですからね」

是（はい）、舌を巻くことを意識しながら私は返事をした。

「天原、あなたはせっかくよくできるのだから、わるい癖は直さなければもったいないですよ……」

是、と返事する自分の声がさらに小さくなる。

陳老師から、もっと舌を巻きなさい、と注意されるのはこれが初めてではない。

——你去过台湾吗？

（台湾に行ったことがあるのですか？）

初回の授業でそう質問されたとき、私は胸を張って答えた。

——有、我出生在台湾！

（あります、わたしは台湾で生まれました！）

さらに、我的妈妈是台湾人、私の母は台湾人です、と言い添えた私に陳老師はうなずく。

——原来如此、你说的普通话带南方口音……

虹橋空港の審査官とむきあっていた玲玲とちがって、このときの私は南方口音《nán fāng kǒu yīn》という中国語の意味がわからず、きょとんとした。陳老師は日本語に切り替えた。

——あなたの中国語を聞けば、誰でもすぐに台湾の人だとわかります。

それから陳老師は私以外の学生にも言い聞かせるように、

——台湾で話されている中国語は、今日から私が皆さんに教える標準的な中国語とは違います。最も顕著なのは発音ですね。かれらはほとんど舌を巻きません。かのじょの中国語もそうです。そのため私は、かのじょにむかって台湾にいたことはあるのかと訊きました。かのじょの中国語は台湾人のように南方訛りです。

南方訛り。

漢語学院で中国語を学んで一年、これほどはっきりと断言されたのははじめてだった。私と陳老師を見守る教室に不穏な緊張がみなぎるのを感じる。

——それなら、陳老師……

台湾人は皆、訛っているというのですか？　訊こうとする私を、天原《Tiānyuán》、と陳老師は遮る。

——我不姓岑《cén》、我姓陈《chén》。

（私の名は岑ではありません、陳です）

「やっぱり、最初に名前を呼びまちがえたのがいけなかったんだなあ。今でも陳老師に声をかけられるとどきっとしちゃう……」

昼食のとき、私は冗談めかしながら言ってみる。遠慮がちな笑みを浮かべた赤池と藤井が顔を見合わせる。添田が慰めてくれる。

「あたしだったら、急に中国語であてられたら口ごもっちゃう。天原はパッと反応できるから、やっぱりすごいわ」

反応はできるんですけどね、と私は嘆息する。

――この子の中国語は、ぼくなんかよりもずっと台湾人っぽいんだよ。

日本語が上達するにつれて、中国語なんてみんな忘れてしまったと思っていたけれど、私の舌は子どものときの自分が喋っていたそれをきちんと覚えている。陳老師に言わせれば、わるい癖、がついている。

――zī、cī、sī の何が悪いの？ zhī、chī、shī が言えるからって何がそんなに偉いの？

昨夜の玲玲の憤りを思いだす。私よりも流ちょうな分、玲玲の中国語はもっと台湾人らしく聞こえるに違いない。

「あたしはすごく好きだけどな」

そう言ったのは、台湾ドラマと華流スター好きが高じて中国語をはじめた油川だ。

「台湾人にとっては舌を巻かないのがあたりまえなんでしょう。それなら天原もあまり気にしなくていいんじゃない？」

食事を終えた松村と清水が通りかかる。日本語学科の資料室で午後から胡や李たちと相互学習するんだけど一緒にどう？　と私たちを誘う。油川と赤池たちはほとんど迷うことなく参加したいと応じる。添田は図書館に行くからと辞退する。てぃえんゆぇんは？　と問われて、電算室に用事があって、と私は言う。

——那么，你怎么普通话只有这种程度？

（それなら、どうしてその程度の中国語しか話せないの？）

あれ以来、日本語学科の学生との交流に私は尻込むようになった。とっさに口から出たことではあったけれど、昼食後私はほんとうに電算室へ向かった。肌寒いほど冷房の効く薄暗い部屋は閑散としていた。席につき、ＰＣをたちあげる。ログインすると新着メッセージが一通。差出人は父だった。送信日は、母に電話を掛けた翌日になっている。

「琴子からの電話に出られず、昨日ほど帰りが遅くなったことを悔やんだことはないよ。元気そうで何より。笑容常在笑口常开、身体健康万事如意！」

いつも笑顔で、何もかもが順調であるように。

父らしい書き方だ。「笑顔」を意味する中国語である「笑容、xiàoróng」と同音の「咲蓉」は、私の名前の候補として「琴子」と最後まで競り合ったという。どちらも父が考えたものだった。しょうよう、か、ことこ、か。決め手は母の一言だった。

――多桑説、孩子取名、還是取個像日本人的好名字吧。

（父さんが、子供に名前をつけるなら、やっぱり日本人らしい良い名前をつけるべきだと言うの）

祖父の言うとおりだ。咲蓉よりも、琴子という名前のほうがずっと日本人っぽい。私の母方の祖父は日本語がとてもじょうずだった。

――多桑説話好像日本人！

（父さんは日本人みたいな話し方をする）

と舅舅――伯父――がいつも言っていた。日本贔屓《びいき》の祖父は、多《duō》桑《sāng》、と日本風に自分のことを呼ばせていたのだ。そんな祖父なので、おじいちゃん、と私から呼ばれるのをとても喜んでいた。

（笑《xiào》容《róng》常《cháng》在《zài》笑《xiào》口《kŏu》常《cháng》开《kāi》……）

胸の中で唱えるうちに中国語で父に返信してみようと思い立つ。

「谢谢爸爸、我很好。别担心！　琴子」

（ありがとうパパ、私は元気。心配しないでね！　琴子）

たったこれだけの短い文章だけれど、ピンインで入力しながら中国語の漢字を選ぶのに不慣れなため、思った以上に時間がかかってしまった。でも、達成感はある。ＰＣからログアウトする寸前まで淡い期待を抱いていたが、新着メッセージが届くことはなかった。

　手紙はとっくに着いているはずだ。上海に到着した翌々日に投函したのだから。ひそかに溜め息をつきながら私はＰＣを閉じる。彗も自前のＰＣがないので大学に行かないとメールの送受信はできない。学期末なので電算室が混んでいるのかもしれない。空港に向かうバスの中でふと押し黙り、ミーミーに一か月も会えないなんてつらいよ、と手をぎゅっと握られたときのことを思い出す。すぐに帰ってくるから、と励ましながら、めそめそする彗を愛おしく思った。

（案外、平気でやってるんじゃないの）

　少しふてくされた気分でいたところを、後ろから肩を叩《たた》かれる。こないだはありがと、と囁《ささや》かれる。場所が場所なだけに、前回ほどは驚かない。「禁止喧嘩（私語禁止）」とある電算室を出てから、

「きょうはちゃんと学校にいるんですね」

「なんや、それ」

　龍舜哉《LóngShùn zāi》にとって語学留学は趣味みたいなものなんだから、と玲玲が言っていた。

――大学を出たらカナダに行ってフランス語を勉強するって言ってるの。高校の頃は夏休

みのたびにハワイの知り合いのところに居候して英語を覚えたんだって。そのついでに、今は上海に寄ってるって感じ。

だから授業も気の向いたときにしか出ない、という噂ですよ、と伝えると、

「噂？　はは、呉嘉玲《Wú Jiā líng》発信に決まってる」

悪びれもせずに舜哉は私に笑ってみせる。私たちはそのまま並んで歩き続け、校舎の外に出る。日差しが眩《まぶ》しかった。

「散歩でもご一緒しませんか？」

妙にかしこまった言い方が可笑しかった。私が誘いにのったとたん、

「好、走吧！」

舜哉は颯爽《さっそう》と歩きだす。数分もしないうちに、作家・魯迅《ろじん》のお墓と記念館を擁する大きな公園内を、私たちは歩いていた。

「つい来たくなりますよね。近くに、こんなに大きな公園があると、それだけで何だか気持ちがいいいな」

「もともとは射撃場として造られたらしいんやけどな」

射撃場？　初耳だった。舜哉は続ける。

「爆弾テロもあったらしい」

舜哉によるとかつてここで、天長節——天皇陛下のお誕生日——の祝賀会が行われていた。そのとき事件は起こった。各国の軍閥が利権をめぐって争ってて当時の中国はキナ臭かったからね、と舜哉が言う。

「特に上海は治外法権の租界だらけで、外国人が大威張りでふんぞり返ってた。〝中国人と犬入るべからず〟なんて札をたてたりして」

灼熱《しゃくねつ》の日差しにも拘わらず公園内ではいろいろなひとたちがさまざまなことをしていた。太極拳に励む者や、社交ダンスの練習らしい男女のグループがいる。墨汁を滴らせながら地面に文字を書いている老人たちの脇を、子どもの手を引いて若いお母さん方が通り過ぎる。射撃場に爆弾テロ。いまののどかな風景からは想像できない。中国語と、たぶん上海語が飛び交う中、私たちは日陰を選んで歩く。汗ばむ蒸し暑さだったが、木陰はその分心地よかった。

「おれな、上海に来るなら虹口《ホンコウ》がいいなって思って、あの学校にしたんや。おかげで呉嘉玲と同じクラスになり、ミーミーとも知り合えた」

親しみのこもった眼差《まなざ》しだった。虹口は、この界隈《かいわい》の名称だ。舜哉の視線からさりげなく逃れながら、

「どうして上海に来るなら虹口がよかったんですか？」

「うん。実はおれの爺爺が、昔、虹口にいたんだ」

「あれ、お祖父さんは確か台湾の出身でしたよね？」

「そう。その祖父ちゃんがさ、若い頃はなかなかの遊び人で、ひい祖父ちゃんから学費名義で貰《もら》ったお金を旅費に基隆《キールン》から上海行きの船に乗ったんや。虹口に来れば何とかなるだろうって思ったらしい。のんきなもんやなあ」

まだよくわからない。どうして虹口ならどうにかなると思えたの？　無知な私の質問に、舜哉は厭《いと》うことなく答える。

「日本語がつうじるから」

「え？」

「虹口のあたりは日本租界で、日本人が仕切っていた。何しろ祖父ちゃんは日本語がよくできたからね」

にやっと笑ってみせる。その理由は言わなくてもわかるはずだ、という調子の。

「高校時代の同級生の兄弟だか従兄《いとこ》だかがいて、そのひとのところに居候してたらしい。あの頃は台湾にも上海にも日本人がいっぱいいて我が物顔で歩いてたんや」

私が反応できずにいると、ひとんちの祖父ちゃんの話なんかおもろないか、と話を切り上げようとしてくれる。ちがうの、私は急いで告げる。退屈したのではない。感心していたのだ。

「舜哉って物知りだなあって」

「おれが？　まあ、白状すると、子どもんときから、虹口、って地名を祖母《ばあ》ちゃんたちがしょっちゅう口にしてるの聞いてたからね。しかも……」

わざとそこで声をひそめ、

「決まって、祖父ちゃんの昔の愛人がどうたらこうたらとかいう内容だったし」

くすぐったそうな笑みを浮かべる舜哉にひきずられて、私も笑う。きっかけはどうであれ、舜哉はちゃんと留学先に選んだ町の歴史をよく知っている。漢語学院の協定校という理由だけで何となくここに来てしまった自分とはちがう。虹口のことはおろか、上海の歴史も私はよく知らないのだ。

「いや、知ろうともしなかった。もっと、ちゃんと勉強してから来ればよかったな」

「あはは、ミーミーはまじめやね」

私たちの傍らを、家族連れが通り過ぎる。

「爸爸、抱抱！」

小さな女の子が透きとおった愛らしい声で叫ぶ。自分で歩けるでしょ、と母親らしい女性がたしなめるのだが、若い父親はかまわず幼い娘を抱きあげてやる。抱きあげた拍子に頬ずりされた女の子がくすぐったそうに笑う声が響く。你还是娃娃吗？　と呆れている女性のことばが懐かしい。あなたは赤ちゃんなの？　遠ざかる親子たちを舜哉もほほ笑ましそうに眺めている。

「歩きたくなくなると、抱抱って言って抱っこをせがんだっけ」

母には拒まれることもあったが、父は私がねだると必ず抱きあげてくれた。そのたび、妳還是娃娃嗎？　と母にからかわれた。

「そっか、ミーミーは台湾生まれだもんね。いくつのときから日本に？」

私は指を三本立ててみせる。三歳かぁ、と舜哉は大袈裟《おおげさ》にのけぞってみせる。台湾にいる間、私の両親は主に中国語で会話をしていた。

「ミーミーのお父さん、中国語が堪能なんやな」

その分、母のほうは日本語がからきしだめだった。

「でも日本に行くのが決まったとき、これからは日本語で話そうと提案したのは母だったの。早くわたしに日本語を覚えさせたいから。父はしぶしぶ従ったんだって」

父は、私がだんだん中国語を喋らなくなることを母以上に残念がっていた。舜哉にそう説明しながら、自分は三歳のときのほうが今よりもずっと自然に中国語を話していたかもしれない、と思いつく。

「じゃあ、あれだ。中国語を取り戻しにミーミーは上海へ来たんやね」

舜哉の発想に私は弱々しく笑う。強めの風が吹き、木々の葉と葉が擦れ合う音がする。どちらからともなく私たちは頭上をみあげる。上海の初夏の光が眩しかった。座ろうか、と舜哉が笑いかける。池に面したベンチに腰をおろしながら、鯉が跳ねる姿を見る。中国語を取り戻す。舜哉のことばを復唱したあと、溜め息が出る。

「そのつもりだったんだけどね。こっちに来てから、かえって中国語がおかしくなっていく感じがするよ。きょうも、ちゃんと舌を巻きなさいって指摘されて、ちょっと落ち込んでたんだ。舌を巻かなくちゃならないなんて、子どものときは全然意識したことなかったから。それに……」

カメだ、と舜哉が小さく叫ぶ。ベンチに座ったまま、池の方に身をのりだす。かすかではあるけれど、爽《さわ》やかな香りが漂ってくる。喋りすぎてしまったかな、と私は口をつぐむ。それに？　池のほうに視線をむけたまま舜哉が私をうながす。

「ちゃんと聞いているよ」

私と向き直った舜哉の声は温かかった。だから私もなるべく明るい調子を保ちながら喋る。

「なんだかね、自信がなくなった。日本にいたときは、中国語が少し喋れることが誇らしかったのに。こっちに来てみてはじめてわかったの。母が台湾人にしては、わたしの中国語はまだまだなんだなって。じょうずだねって褒められたから、我的妈妈是从台湾来的ってうちあけたら、それにしてはへただねって。　褒められた直後に貶されるなんて全然想像できなかったから、動揺しちゃった」

　考えてみたら、日本から来たばかりでどうしてそんなに中国語がうまいんだ、と訊かれたとき、我爸爸是台灣人（私の父は台湾人です）、と答えても玲玲は、那么、你怎么普通话只有这种程度？　とは言われなかったのだ。親のどちらかが台湾人なら、玲玲ぐらいの中国語が話せなければ恰好がつかないのかもしれない。

「私の中国語がもう少しじょうずだったら、もっと胸を張っていられたのになあ……」

　玲玲や舜哉のように、と言おうとしたとき、深圳は国境の町なの、と玲玲が言っていたことを突然思いだす。

「線が、見えればいいのに。ここまでは、日本人。ここから先は、台湾人。ちゃんと見えるならわたし、中国語を喋るときは日本人である部分に留まっていたい。そしたらきっと台湾人にしてはへただなあ、なんて呆れられないで済むのに」

　私は笑ってみせるのだが、舜哉は真顔だ。私から目を逸らし、ないよ、と呟く。思いがけなく強い口調だった。池のほうを見やったまま、舜哉は続ける。

「線なんてない。ミーミーがそう思えば、ミーミーは日本人にも台湾人にもなれるよ。ミーミーの心次第で行ったり来たりすればいいんだ」

「………」

「日本人にしては、とか、台湾人なのに、とかどうでもいい。ナニジンであろうがミーミーはミーミーなんだから、ミーミーの中国語を堂々と喋ればいい」

風が、私たちの頭上を通りすぎる。今度は私も舜哉も空を仰がなかった。木漏れ日の中で私と向き直った舜哉のまなざしには独特の親近感が込められている。

「どっちか、じゃなくて、どっちも、なんだよ」

おれたちは、と私を見つめながら舜哉は断言する。

「どっちにもなれるってやつなんだから」

招待所の部屋に戻ると、玲玲も帰ってきたばかりのようだった。机のうえに、まだ箱に入ったままのテープレコーダーがある。買ってきたの？　と訊くと、うん、と勢いよくうなずく。授業のあと南京街《ナンジンジエ》まで出向いて百貨店に行ってきたという。どうせ買うなら日本製がいいと思って、と製品を箱から取り出しながら玲玲は言う。

「あたし、決めたの。舌を巻け巻けってうるさい奴等を黙らせるために、完璧に普通話を習得してやるんだ」

きょうの午後から、中上級の学習者を対象とした「発音矯正講座」が開講されていた。私たち漢語学院組で申し込んだ学生はいなかったけれど、玲玲は見学しに行くと言っていた。

「発音講座の先生から褒められたの。呉《Wú》嘉《Jiā》玲《líng》はコツを摑むのがとてもじょうずねって」

テープレコーダーを開封しながら、きちんとした訓練を受ければネイティブ話者ではなくても必ず標準的な中国語——普通话——を身につけることができるんだって、と玲玲は熱っぽく語り続ける。テープレコーダーはそのための「初始投资（初期投資）」なの、と言いながら、「初《chū》始《shǐ》」の部分で、大袈裟に舌を巻いてみせる。

「あたし、こっちの中国語も習得するんだ。普通话と國語《グオユイ》、どっちも使い分けてみせるの」

宣戦布告、といった調子だ。

「ママにそう言ったら、がんばりなさいって。いつかあたしのライバルになってよね、なんて」

私は去年の校内弁論大会を思いだす。大会の最後、優秀者たちの出揃った壇上で学院長は客席を見まわした。Tōngkǒu、と呼ぶ。学院長から「樋口」と名指しされたかのじょは最初こそ遠慮していたが、壇上にあがると背筋をすっとのばし、特別賞を獲得した娘の横に立った。

——邻居们使用的语言、对我而言也是丈夫的母语。我的女儿能如此热心地学习、也让我感到非常开心（隣人の言葉、わたしにとっては夫の母国語を、わたしの娘が熱心に学んでくれることを嬉しく思います)。

流ちょうな普通話は日本人離れしていた。

「リンリンならきっと、お母さんみたいになれるね」

私は声を振り絞る。なってみせるわ、と意気込む玲玲の声は屈託なく、瞳はきらきらと輝いている。

――線なんてない。ミーミーがそう思えば、ミーミーは日本人にも台湾人にもなれるよ。

ミーミーの心次第で行ったり来たりすればいいんだ。

玲玲のように? ただでさえ出遅れているのだから、そのために私はもっと努力しなければならない。そう思っていたのに、玲玲はさらに遠くに行こうとしている。焦燥《しょうそう》感を顔に出すまいと努める私に、ミーミー週末は暇ある? と玲玲が訊く。土曜日は赤池たちとチャイナドレスを仕立てに行くつもりだった。日曜なら、と答えたら、古本市興味ある? と玲玲。上海に古本市があるの? 私はたちまち興味をそそられる。玲玲は、あいつの言うとおりだ、と思わせぶりに笑う。

「龍舜哉が、古本市場を案内したいって言ってるの。ミーミーはたぶん本が好きだからって」

舜哉の名が出て、どきりとする。

「今度の週末、三人で行かない？」

きょうの午後、舜哉はそのことに一言も触れなかった。その話いつ出たの？　と玲玲に訊きたかったが呑み込み、日曜なら、とさっきよりも積極的な気分で応じる。

「那麼我們禮拜天去吧（じゃあ日曜日に行こう）！　よかった。龍舜哉たら、ミーミーともっと話したいってあれからずっと言ってるんだもん」

くすぐったい。おかげで私は、午後の間じゅう舜哉と一緒にいたことを玲玲に言いそびれてしまう。

＊

私は、ほんものの絹の肌触りを味わう。からだにあててみてもいいのよ、と囁かれる。ものやわらかな照明の灯りのもと、夥《おびただ》しい数の生地が美しく輝いている。

個人宅を改装した店舗は、蔦《つた》の葉が絡まる洋館が続く路地の奥に佇んでいた。日本語学科のひとり、沈《Shén》という学生が教えてくれた「旗《qí》袍《páo》」専門の仕立て屋だ。〃生粋の上海人〃である沈の大叔母が若かりし頃に通っていた老舗で、以前は地元の常連ばかりを相手にしていたが、数年前に主人が代替わりしてからは観光客にも商売するようになったらしい。

私たちを迎えてくれたマダムは、襟元と袖口に蝶の刺繍《ししゅう》をあしらった深緑色の服を品良く着こなしていて自分と同齢の添田のことをしきりに、您看起来很年轻、あなたはお若くいらっしゃるわ、と褒めちぎる。赤池には、腰つきの曲線がなんて美しいの、と感心し、藤井の黒髪は見たことがないほど艶《つや》やかだと嘆息し、私には「你的肌肤像婴儿般光滑细嫩（赤ん坊のようにふっくらとしたすべすべの肌の持ち主だ）」と瞳を輝かせてみせる。おかげで私たちは皆、マダムが薦める上等な布の購入を真剣に検討する。

牡丹柄と鳳凰柄の布地を見比べていた赤池が訊く。

「てぃえんゆぇんのママも、こういうの着てたの？」

記憶にない。暑さをしのぐために祖母や大叔母たちはいつも麻のワンピースをすとんとまとっていたけれど、あれはたぶん旗袍とは呼ばない。母の世代の女性たちとなると、私がものごころついたときには皆もう洋服だった。両親の結婚式の写真なら見たことがあるが、母は襟元をレースであしらったバニラ色のドレスを着ていた。

「あたしのお祖母《ばあ》ちゃまなんか死ぬまで和服だったけど、今はかえって特別なときじゃないと和装なんてしないものね」

「そうですよね、成人式とか結婚式ぐらい？　浴衣だって、花火大会でもなければわざわざ着ないなあ」

浴衣を、私は一度だけ着せてもらったことがある。父方の祖父母がまだどちらも元気だった頃だ。父には九つ年の離れた妹がいる。その叔母の子ども時代のものを、祖母が私の為に探し出し、袖をとおせるようにしておいてくれた。浴衣姿になった私をしみじみと眺めた祖父が、

――あいのこでも、なかなか似合うもんだなあ。

母も私も、「あいのこ」の意味がわからなかった。当時はまだ大学院生だった叔母が苦笑する。

――お父さん、今はそう言っちゃいけないのよ。ハーフ、と言わなくちゃ。

母はといえば、あっけらかんと義理の父親のことばに反応する。

――アイノコ、台湾も言う。あいのこ、日本語と同じね。

植民地だった戦前の台湾にいた日本人たちが「混血児」に対してつかっていた日本語が、そのまま台湾語になったのだ。私がうまれてからは、母のこともどうにか受け入れるようになったらしいが、祖父は最後まで父が台湾人である母と結婚することに反対したそうだ。

――どうして、よりによってシナの女と一緒になりたがるんだ。おまえは、伯父さんがあっちでどんな目に遭ったのか忘れたのか？

祖父の兄、父の伯父にあたるそのひとは、戦争中に大陸で片足を失った。命からがら帰っ

てこられたことを喜んだのも束の間、じきに悪夢にうなされるようになる。獣じみた唸《うな》り声をあげながら頬を濡らす大伯父に、家族のだれも話し掛けることができなかった。父が高校生、叔母が小学生のときに、かれらの伯父は死んだ。だから私はもちろん、母も、祖父の言う「シナ帰り」のそのひととは会ったことがない。

——いい、まるで日本人だなあ。

浴衣姿の私をそう褒めた父方の祖父が生きていたら、上海製の旗袍をまとった私を見て何と言うだろうか？

悩み抜いたあげく、添田は若かりし日の宋慶齢——孫文夫人——が纏《まと》っていたクラシックな装飾の上着を、赤池と藤井はスリットをそれぞれの好みで切りこんだ「长旗袍（ロングドレス）」、私は「少女的风格（少女らしさ）」を生かすようにマダムから薦められて膝丈の旗袍を仕立てることになった。

熟練の職人が揃っているので十日もあれば質の高いものを完成させられるとマダムは胸を張って保証する。添田は日本に郵送する手続きをしたが、上海にいる間に受け取りたいほかの三人は大学招待所に届けてもらうことにする。私たちを見送るために玄関の扉をマダムが開けると、ちょうど品の良い老女がマダムをたずねてくるところだった。ガンマノンダンイエシャ、とマダムに声をかけられた常連らしきそのご婦人は、ザッベンニン？と私たちにも優雅な微笑みを向ける。

「上海のひとたちが上海語を話すように、台湾人は台湾語を話すのよね」

帰り道、友人たちが私に訊く。

「やっぱり中国語とはぜんぜんちがうの？」

私はうなずく。上海語がそうであるように、台湾語もまた北方方言を基礎とした中国語とはまったく異なることばなのだ。

「てぃえんゆぇんは台湾語話せる？」

「話せるってほどじゃないけど……」

皆にむかって私は、台湾語をいくつか披露してみせる。

キングン（早く寝なさい）、リグァ（ほら見なさい）、べーサイ（だめよ）、マイアネ（やめなさい）……私のなけなしの台湾語を、中国語を一緒に勉強している友人たちが興味深そうに聞き入っている。どれも幼いこどもが母親にたしなめられるときのものなんだけどね、と伝えると、

「いいなぁ、おうちの中で生の台湾語が聞けるなんて」

藤井が嘆息する。赤池が、真辻人羡慕（ほんとうらやましい）！　と中国語で同調する。

私はおどけてみせる。

「でも、その分、わるい癖がついてるけどね」

藤井がいたずらっぽく応じる。

「……天原、あなたはせっかくよくできるのだから、わるい癖は直さなければもったいないですよ……」

「やだぁ、藤井ったら陳老師そっくり！」

きゃっきゃとはしゃぐ私たちを可笑しがりながらも添田は、ほら寺岡や松村たちが待ちくたびれてるから急ぎましょう、と促す。アイノコ、と私は遅れて思いつく。それもまた私の知る数少ない台湾語のうちのひとつなのだと思う。

＊

髪を櫛《くし》で梳《す》いていると、つかってみる？　支度をとっくに終えている玲玲が薄桃色のパッケージに包まれた新品の口紅を差しだす。

「姐姐《ジエジエ》の会社の商品なの。あたしよりもミーミーのほうが似合いそうだなって」

口紅なんてつけたことがない。戸惑う私をよそに、色付きのリップとそんな変わらないよ、と玲玲はそそくさと薄桃色の包みを開封する。高級そうなものなので少々気おくれしたが、身支度を終えた最後のしあげに、私は人差し指の腹にそっと当ててみる。思ったよりもやわらかい感触だ。指を、唇につけてみる。それは、朱色に近い赤だった。想像していたよりも自然となじむ。

「和我想得一様（思ったとおり）！」

私の顔を見た玲玲が素《す》っ頓狂《とんきょう》な声で感嘆する。很適合妳（お似合いよ）と誇らしそうに笑う。

「美女們來了！」

美女たちのおでましよ！　という嘉玲の上機嫌な声にふりかえった舜哉は、私たちの背後で溢《あふ》れる日差しのためか、眩しそうに目を細める。玲玲は、了不起、你沒有睡過頭了（寝坊しなかったなんてえらい）！　と舜哉の背中を叩く。当然（あたりまえだよ）、と澄ました調子の舜哉と目が合ったので会釈すると、ミーミー会いたかったよ、堂々とそう言うのだ。

夥しい数の古書店のブースがさまざまな本を陳列する文廟の境内に辿り着いたとき、私の胸はせわしくなく弾んだ。その興奮は中学生のときに父の研究室で抱いたものと似ている。

父は上機嫌で私に言うのだ。

――興味のある本は、持っていっていいよ。

「わたし、中国語が読めるなら、選択肢がもっと増えるのにって思った。父の本棚には中国語の本もたくさんあったから」

　考えてみたら、その経験も私が中国語を学びたいと感じたきっかけのひとつだった。

「その気持ち、ようわかるなあ。知らないことばで書かれてる本ってワクワクする。こっちが勝手に謎を感じる分、余計にな」

「でも、いまならミーミー、読める本あるんじゃない？」

　そう言われると急に自信がなくなる。どうかなあ、と苦笑する私に、あっ絵本をだしてるお店がある、と玲玲が指をさす。絵本や子ども向けのものなら今の私でも読めるかもしれない。そう思いながら舜哉と玲玲とそのブースに近づく。足元の木箱に私は気づく。思わず声が出た。

「このシリーズ、小学校の学級文庫にあって大好きだった！」

　その木箱の中には、エルジェ『タンタンの冒険』シリーズの中国語訳が何冊もあった。エルジェと言えば……と舜哉も私の隣にしゃがみこむ。木箱の中に束ねられた絵本を順番にたどる。

「我找到了（みつけた）！」

　にっかり笑いながら私たちに掲げてみせたのは、題名の部分に『藍《Lán》蓮《lián》花《huā》』とある一冊だ。赤を背景に、黒い龍と中華風の提灯、主人公のタンタンとその相棒である犬のスノーウィが壺から半身を出した姿が描かれている。

「『青い蓮』、の中国語版」

「おぼえてる。いちばん好きな一冊だったもん。タンタンは、ホントに丁丁《ding ding》になるんだね」

「原作はフランス語で、確かTintinだったっけ?」

話し込む私と舜哉の隣に、へえ絵本だったんだ、と玲玲もしゃがむ。このキャラクターのグッズなら見たことあるけど全然興味なかったな、と呟く。『藍蓮花』に視線を落としたま
ま、こればっか何度も読んだっけ、と舜哉は声を弾ませる。

「なんや知らんけど、なつかしいような楽しいような気持ちになったんや。祖母ちゃんたちが噂する祖父ちゃんの上海時代なんかも想像してさ……」

舜哉の気持ちが私にはよくわかる。エルジェが描いた煌びやかな中華風の絵を眺めながら、私もいつも懐かしかった。蓮の絵が描かれた装飾品に「吉慶」「福壽」「如意」といった文字の躍る掛け軸。台湾と似ていると感じた。舞台が、この上海だったなんて。あたしも読んでみたいな、と玲玲が言う。私たちは木箱を探すが『藍蓮花』は一冊しかないようだ。ずっとこちらをうかがっていたらしい初老の店主に、すみません、と舜哉は中国語で呼びかけ、私の手元を示しながら、この本の在庫はありますか? と訊く。その箱の中に他にないのか? と店主は眼鏡をずらしながら私たちの目の前にある木箱を目で示す。もうすでにさがしたけ

どなかったのよ、と玲玲が早口の中国語で返答する。店主は目をぱちくりさせたあと、すまないがそこになければもうないね、と言う。舜哉が困ったように肩をすくめて私たちを交互に見る。じゃあ玲玲が買いなよ、わたしは今度にする、と言う私に、だめよだってミーミーの思い出の一冊でしょ、と玲玲の声も大きくなる。思い出だなんて、と私は苦笑する。そんな大げさなものじゃないよ、と言う私の傍らでは、どこかで手に入れられないですかね、と舜哉がちゃっかり店主にアドバイスを求める。

「言っちゃわるいが、そのシリーズは人気ではあるがさして貴重なものではない。どこにでも売ってる。たとえば上海書城《shàng hǎi shū chéng》なんかに行けばすぐ見つかるさ」

ほんと？　と声を弾ませながら玲玲はたちあがる。その上海書城ってところはここから近いの？　店主がうなずく。

『藍蓮花』は私が買うことになった。財布からお金を出そうとする私を制した舜哉が、これだけ欲しがっている場面を見せてしまったら値切る勇気は持ちにくいのですが、と前置きしてから、ほんの少しでいいので安くしてもらえませんか？　と店主に頼む。眼鏡をずらしながら、きみたちには参った、と呟き、わかったよ端数はおまけする、と言ってくれる。値札よりも四元――約六十円――安くなったことを三人で大げさに喜びながら、謝謝老板！　と口々に礼を告げる。店主の表情もさすがにほころぶ。

「你们普通话说得挺好」

（きみたちは中国語がじょうずだ）

私から紙幣をうけとったあと、眼鏡をかけなおした店主がしみじみと呟いた。

「日本人观光客里、很少像你们普通话说得这么好的」

（日本人の観光客で、きみたちほどじょうずに中国語を話せるものはなかなかいない）

はっきりしたその声に、私は何となく気まずさをおぼえる。けれども隣の玲玲は一切動じるようすがない。

舜哉が、ぼくらは假《jiǎ》日《rì》本《běn》人《rén》なんだ、とおどけてみせる。你说什么（なんだって）？と訊き返されると、

「谢谢老板。我们三个都是很认真的留学生（どうもありがとう。ぼくたちは勉強熱心な留学生なのです）」

仰々しい口ぶりで言い直す。よく言うわ、と玲玲が日本語で私に耳打ちする。

假日本人。

偽の、日本人。

舜哉は、あいかわらず、ふしぎなことばを繰り出す。ひそかに感動している私の隣で玲玲が、

「じゃあ、一時間後にここで集合ね」

私たちにそう言い残して、好事要快做（善は急げ）とばかりに玲玲は上海書城へと行ってしまった。ほんま勢いで生きてるやつやなあ、と舜哉が苦笑する。私も同意見だ。それから私たちもしばらく別々に行動することに決める。

「しょうもないものに妙な高額つけてたりするから気をつけて……」

結局、舜哉のその忠告は役に立たなかった。ひとの溢れる古本市場を、私はあてどなく歩き回る。一冊の雑誌が目に入る。

行發總司公書圖華中新海上

「華中」の箇所で私は気づく。これは、反対から読み始めるべき文章だ。私は立ち止まる。女性の妖艶な微笑に惹かれたのもあったが、表紙に躍る繁体字——日本の旧字体に近い——にすっかり魅入ってしまう。それは、台湾でつかわれている漢字なのだ。子どもの頃、中国語が書いてある、と思うときはいつも、こういう字があった。読めなかったけれど、母の国の文字だと知っていた。教科書の中はもちろん、町じゅうにも、簡略化された漢字——簡体字——ばかりが溢れる上海で、古い雑誌の表紙に躍る繁体字をみつけた私は興奮した。「一九三三」。この雑誌は、私がうまれる四十七年前に刊行されたもの。その頃は上海にも繁体字が溢れていた。はたして私は、雑誌に貼りついた値段の額をそのまま店主に支払った。頬がゆるむ。良いものを手にした、という充実感がからだじゅうをめぐる。向こうから数冊の本を小脇に抱えた舜哉が歩いてくる。嬉々としながら収穫物としてのその雑誌を私は掲げてみせる。おお、と舜哉は唸る。

「如果真的話、大概要花幾十萬！」

（ほんものだったら、何十万するんだろう！）

「え？」

「民国時代の雑誌の復刻版、おれもわりと好きなんだ。でもこれは見たことなかった」

復刻版。確かに、半世紀近くも昔のものにしては保存状態が良すぎる。

「いいもの買ったね、ミーミー」

本気で言っているのか、からかわれているのかわからず、私は反応に困る。好不容易找到了你們（やっと見つけた）、と背後で声がする。『藍蓮花』は買えたん？　舜哉が訊くと、売り切れだった、とさばさばした返事が返ってくる。

「でもいいの。もともと縁がなかったんだと思う。でなくちゃ、子どものときにとっくに出会ってたはずだから」

私と舜哉は思わず顔を見合わせる。ねえそれよりあたしおなかペコペコ、と言う玲玲の口調はからりと明るかった。

私たちは文廟からほど近い餐厅（レストラン）に入る。昼食時ではあったが幸運なことに四人掛けのテーブルが一卓空いていた。席についたとたん、今天我请客、舜哉が晴れやかに宣言する。すかさず玲玲が、好、承蒙你的好意！　と応じる。

——きょうはぼくがおごるよ！

——なら、お言葉に甘えるわ！

よっぽどお腹が空いているのか、菜单《cài dān》（メニュー）を指さしながら玲玲は次々と食べたいものを提案する。东坡肉《dōng pō ròu》（豚の角煮）、炒蚕豆《chǎo cán dòu》（ソラマメの炒め物）、白斩鸡《bái zhǎn jī》（蒸し鶏）……舜哉が、ミーミーは？　と訊く。玉米汤《yù mǐ tāng》（コーンスープ）がいいな、と菜单にずらりとならぶ簡体字のうち、唯一、なじみ深いものを見つけ出して私は意見を述べる。私のレベルでは中国語で綴られた品名はまだほとんど理解できないのだ。玉米汤、太好了！　と玲玲が感嘆する。私たちの意見をまとめ舜哉が代表してウェイトレスに注文をする。そのよどみのない中国語に感心しながら、私はつくづく自分よりもずっと中国語が流ちょうなふたりといるのは楽だなと思う。漢語学院のメンバーで外出すると、特に最初の数日間は何かと頼られた。現地のひととの会話に積極的な松村や好奇心旺盛な赤池、食べ物に目のない寺岡がすすんで中国語をつかうことも近頃は多くなったけれど、留学生活が始まってすぐの頃は頼られているることをひしと感じ、責任の重さを痛感した。子どものときは無責任だった。小学校では遠足のバスの中やお楽しみ会での出し物のたびに、私はとっておきの芸を披露するかのごとく、中国語を喋ってみせた。

――ニーハオ、ウォー・スー・ティエンユェンジンヅ。

こんにちは、わたしは天原琴子です、と言っただけで歓声が上がる。他のだれも中国語を知らないから、それを喋ってみせるときの私はちょっとしたスターだった。

「ねえ、子どものとき、なんか中国語喋って、って言われなかった？」

「なんか喋ってみて、か」

玲玲が眉をひそめる。

「いたね、そういうこと言うやつ。失礼しちゃうよね。自分は日本語しかできないからって、なんでわざわざ中国語を喋ってやらなきゃなんないの、見世物じゃあるまいし」

すすんで見世物になりたがった私とは全然ちがうことを言うのだ。予想外の反応に私が戸惑っていると、

「呉嘉玲《ごかれい》、なんか中国語喋ってよ」

舜哉があおる。やあよ、と拒否する。あ、ほんとは喋れないんだろー、と舜哉が小学生み

たいな口調で言うと、玲玲は苦笑したあと舜哉をきっと睨《にら》みつけてから、

「Huáng dì、Táng、Yú、Xià、Shāng、Zhōu、Chūn qiū zhàn guó、Qín、Hàn、Wèi Jìn nán běi cháo、Suí、Táng、Wǔ dài shí guó、Sòng、Yuán、Míng、Qīng、Zhōng huá mín guó」

一気に唱えてみせる。私はぽかんとする。最後に、中華民國《zhōng huá mín guó》、と聞こえたのは気のせいだろうか？　再一次、再一次（もう一回、もう一回）と舜哉がさらにたきつける。一度目よりもやや遅めに、Huáng dì、Táng、Yú、Xià……玲玲は繰り返す。

「中国の歴代王朝」

舜哉が明かしてやっと、謎めいた一節が何を意味しているのか私は理解した。

「そう。あたしね、中国語喋れって言われたら、いつもこれを言うことにしたの。そしたら皆、ぽかんとしちゃってさ。かっこいい、なんて言う子もいて」

それはそうだろう。私の「ニーハオ、ウォー・スー・ティエンユェンジンヅ」とは明らかに格がちがう。先程とはうってかわって玲玲の声に誇らしさが滲《にじ》む。

「パパが子どもの頃、学校で覚えたものなんだって。何かかっこよかったから、あたしも真似しておぼえたんだ」

玲玲との差をまたしても見せつけられて私は複雑だった。それでも、すごいね、と声を絞って舜哉に同意を求める。すると舜哉も、黄帝、唐、虞、夏、商、周、春秋戰國、秦、漢、

魏晋南北朝、隋、唐、五代十國、宋、元、明、清、中華民國……一呼吸置いてから、中華民《zhōng huá mín》國《guó》、と仰々しく結んでみせたのだ。

「なんだぁ、舜哉も言えるの」

「うちの親が通った学校も中華民国系だったから。子どものとき、兄貴に負けたくなくておれも覚えた。でも口にしたの、何年ぶりかな」

　国民党の臨時政府を台北にうつした蔣介石《しょうかいせき》は、独裁政権のもと、我らこそが正統にして唯一なる「中国」の継承者とばかりに歴代王朝の名を国民——台湾人——に叩き込んだ。「中華民国」で終わるのは、政敵・毛沢東率いる共産党の建国した「中華人民共和国」を認めないためだ。

「だからミーミーのママもきっと言えるはずよ」

　私は弱々しく笑う。母がそれを唱えていた記憶がない。あったとしても、私にはたぶん覚えられなかった。自分と、ふたりの実力のちがいをまた見せつけられたと思った。そのとき、最初の一品が運ばれてくる。香腸（豚の腸詰）。別のウェイトレスが湯気のたつ炒め物も続けて持ってくる。

「ホーラ、チャアペン！　リ・シムーシー・パトーヤオ？」

　舜哉のことばに、今度は玲玲がきょとんとする。私は吹き出す。

「チャアペン！」

そう言って向い側を見つめると、舜哉も可笑しそうだ。ひとりだけわからない玲玲は不満げに唇を尖らせつつも箸を握り、香腸をつまむ。たぶん玲玲のお父さんは台湾語をあまり話さない。「よし、ごはんだ」を「ホーラ、チャアペン」とは言わない。私の母のように「妳是不是肚子餓了（おなか減ってるんでしょ）」の代わりに「リ・シムーシー・パトーヤオ」と言うこともない。

——おれの爺爺は台湾出身なんだよね。

熱々のキノコの炒め物をほおばりながら、そっと舜哉をうかがう。目が合ってしまう。ほほ笑みかけられる。さりげなく目を逸らしながら、おいしいね、と私も玲玲に笑ってみせる。たらふく食べてお腹を満たしたあとは、「大世界」内の遊園地で遊んだ。戦前は「魔窟」と呼ばれてたんやって、と舜哉は思わせぶりに笑って人数分の入園料を払う。遊園地といっても入り口を抜けてすぐの吹き抜けの中庭のところに百貨店の屋上庭園を思わせる小規模のマシーンが幾つかあるのみ。観光客はもとより地元のひとびとにもそれほど人気がない施設らしく、ひともまばらだった。もっとも、貸し切りのような心地が味わえて私たちには都合がよかった。玲玲が舜哉に勝負を挑み、射的をすることになる。不愛想な係員に数元払って、それぞれおもちゃの矢をかまえる。鼻のとれそうなパンダのぬいぐるみに、奇妙な模様のT

シャツとあまり心弾む景品ではなかったが、玲玲は真剣そのものだった。舜哉はもう少し軽い気持ちだったのだろう。最初は玲玲が優勢だったが舜哉も負けていなかった。

ふたりの友だちが勝負する最中、「行發總司公書圖華中新海上」という繁体字をふと思いだす。あの雑誌の（復刻版ではなく）ほんものが刊行された頃、ここは「魔窟」だった。それどころか、上海そのものも「魔都」と称されていたのだ。吹き抜けの天井をあおぐと飛行機雲が伸びていくところが見える。呉嘉玲と龍舜哉の射的勝負は、結局、引き分けになる。勝ちにこだわる玲玲は悔しそうだ。ミーミーもやろうよ、と舜哉に誘われるが私は笑って固辞する。そんな私に、鼻のとれかかったパンダをふたりはおしつける。

その日はそれからもずっと、ダスカ、ダスカとことあるごとにだれともなく口にした。ダスカ、は、上海語で「大世界」のこと。たぶん私もほかのふたりも、ついさっきまでは全く未知だった響きを魔法の呪文《じゅもん》のように唱えてみることが楽しかったのだと思う。

＊

まちびときたる。

電算室の片隅で、キーボードを打つ私の指が弾む。新着メッセージが一通。

――空をとんできたミーミーの手紙うけとった、うれしかった。「旅」の成功をこころから祈る、加油！　どんなときもミーの味方・スイより

数秒で読み終えられる分量に少しだけがっかりする。それでも三十秒ほどかけて短い文章をじっくりと味わう。一言ひとことが彗らしさに溢れていた。ＰＣをシャットダウンする前に、メッセージ部分をプリントアウトする。インクの残量が不足しているのか、最後の行の文字が掠れてしまう。しかたあるまい。紙をノートに挟み、鞄《かばん》の中に仕舞う。電算室から出ると、午後の日差しが窓から燦々《さんさん》と廊下を照らしている。

約一か月の留学生活は、今日がちょうど折り返し地点だ。真っ直ぐ部屋に戻る気になれず夏の光に誘われるがままに私は歩きだす。十数分後には、いつか舜哉と並んで座ったベンチに座っていた。池にはあいかわらず鯉も亀もいる。鞄から、電算室で印刷した彗からの「手紙」を取り出す。

「どんなときもミーの味方・スイより」

彗とは高校二年生のとき同じクラスになった。つきあうようになってからは、手紙のような日記のような文章を彗に宛ててよく書いた。返事はごく稀にしかもらえなかった。そのうちノートごと、渡すようにした。私との「交換日記」を友だちにからかわれたときの彗はまんざらでもなさそうだった。けれども返ってくるノートには二、三行ほどの返事しかない。

字を書くのがそんなに好きじゃないんだ、と言いわけしながら。でも彗はノートの余白に「彗　琴」と書いたのだ。肩を叩かれてふりむいたら、見て、とノートを示された。

——おれの「彗」と、天原さんの「琴」って、二卵性双生児っぽいよね。

二卵性双生児。その眼の着け所に笑ってしまった。彗ともっと仲良くなりたいと思ったのは、あの「彗　琴」という字を見たからだ。彗の屈託のない笑顔が恋しくなる。うちのお母さんは台湾人なの、と告げたときも彗は笑顔だった。驚かないの？　と訊くと、実は知ってたんだ、と照れながら、隣のクラスの女子生徒が教えてくれたのだと打ち明ける。聞き覚えのある苗字だったが、思いだすのに時間がかかってしまった。小学校低学年のときに少しの間だけ通ったお習字教室にいた子だ。同じ高校にいるとは思わなかった。その子から私の母親が日本人ではないと知らされた彗は、家に帰るとすぐに地図帳を取りだして台湾という国がどこにあるのか必死で探した。

台湾の正確な位置すらおぼつかなかった彗と、台湾生まれの私が、高校の同級生として出会った。台湾で育っていたら、今頃私と彗はつきあっていなかったどころか出会ってもいなかったはずだ……それとも私たちも、父と母のようにどちらかが相手の母国語を学んで、遠まわりの末にめぐり会ったのだろうか？

父は夢中で中国語を学んだ。そして台湾人である母と知り合った。ふたりの間に生まれた私は今、母が一度も訪れたことのない上海にいる。母の母国語であり、父を夢中にさせた中国語を学ぶために来ている。

急に心に影が射す。

（わるい癖）

今日は、「伞（sǎn）」を、shǎn と発音して、陳老師に溜め息をつかれた。

——天原さん、なんでもかんでも巻けばいいものではありませんよ。

いつものように小さくなりながら、是、と返事した。

留学生活が始まって以来、陳老師の笑顔をほとんど見たことがない。清水が「中国語を学べば、ことばが通じるひとは十三億人に増えるから、それだけ美女に出会える確率もあがる」と熱弁をふるったときも、皆は笑っているのに陳老師の表情は硬いままだった……おれのような俗物とはちがうんだよ、あとで清水がそう冗談めかしていた。

日本語学科の中国人学生たちも「陳先生はたいへん真面目な方です。そして非常に厳しいです」と口を揃える。私たちのような留学生に中国語を教えながら、陳老師は中国語教師養成講座のクラスも担当している。その授業に出席している日本語学科の学生が言っていた。

——陳先生は、私たちにいつも言います。語学教師の使命は、正しい言葉を伝授することにあるのだと。

ぽちゃん、と音がする。池の縁を歩いていた亀が、暑さのためか水の中に飛び込んだのだろう。私もそろそろ部屋に戻って予習と復習をしなければ。あさってにはいよいよ私がスピーチをする番がまわってくる。陳老師はきっと、注意深く私の中国語に耳を澄ますのだろう。募る緊張を振り払いたくて首をふっていたら、視線を感じる。顔をむけると、いつのまにか後ろに立っていた男性と目が合う。ベンチに座りたいのだろうか。私は腰を浮かす。「我正想离开（もう行きますので）……」と言いかける私に、

「这些是不是日语吗？」

これは日本語だね？　素朴な口調の中国語だった。先ほどから男性の視線は、私が電算室で印刷した紙の上の文字に注がれていたのだった。是、と応えると、その視線が今度は私にうつる。

「你是日本人吗？」

きみは日本人か？　と問われて否定も肯定もできず、私はあいまいに笑ってみせる。男性の表情も緩む。

「留学生？」

これなら即答できる。

「是」

是（そう）、か、不是（そうではない）、をすぐさま選べる問いは何て楽なのだろう。私は再び、もう行きますのでどうぞ、とベンチを示す。男性は軽くうなずくと、私の座っていたところに悠然と腰をおろす。会釈して立ち去ろうとする私を、等一下、待ちなさい、と呼び止める。そのときはじめて、男性が横長の大きな鞄を片手に提げているのに私は気づく。あなたに日本の歌を演奏してあげよう、と男性は言う。鞄の中身は二胡だったのだ。思わぬ展開にどぎまぎしたが、私の返事を待たずに男性は二胡を構えた。やわらかな音色がゆるやかに波打ちはじめる。意味のない、ただの音。それがしばらく続き、音色はいったん止むと、静かに再開した。今度は聞きおぼえのある旋律だ。

いつか、舅舅——伯父——も、これを歌っていたことがあった。

旧正月のときだ。祖父母をはじめ、伯父と伯母の一家に私たち。一族がほとんど勢ぞろいしていた。伯父が、両親ときょうだいの家族たちのために予約したレストランの個室で円卓を囲み、次から次へと出てくる御馳走《ごちそう》を食べていた。宴のための会場にはレーザーディスクのカラオケが備え付けられていた。カラオケ好きの伯父が中国語の歌を何曲か披露したあと、おれは日本の歌も知っている、と言いだす。取引先の日本人をカラオケバーで接待するたびにおれのレパートリーは一曲ずつ増えていく。そう豪語する伯父だったが、こぶしをたっぷり利かせて一曲歌い終えたところで、

――そんなでたらめな日本語があるか。

祖父が一喝した。どっと笑いが起こる中、伯父は大袈裟に肩をすくめて、

――父さんは厳しすぎるよ。これでも日本人は皆褒めてくれるんだぜ！　な、天原《ていえんゆえん》！

戦前の台湾でほぼ完璧な日本語を身につけている義父と、戦後の台湾で成長したため日本語がほとんどできない義兄に挟まれて、一族で唯一の日本人である父は困ったように笑っていた。

上海で夏の風に吹かれながら、私は、かつて伯父も歌っていた日本の歌が二胡の音色によって奏でられているのを聴く。

演奏が終わる。私が拍手をすると、男性は顔をほころばせた。どうだった？　と言わんばかりの男性に、うれしかった、と私は言う。こんなところで日本の歌が聴けるなんて素晴らしい経験になりました、と正直に告げる。誇らしそうに微笑すると私をしげしげと見つめて、きみは中国語がじょうずだね、と男性は私を褒める。私はそう告白することが義務付けられているとばかりに、

「我的爸爸是日本人、但是……（私のお父さんは日本人です、しかし）」

私のお母さんは台湾のひとです、と私からうちあけられた男性は屈託がなかった。

「哎呀、那你不该说自己是日本人吧！」

また、ほほ笑みかけてしまう。

その日は夜になってもずっと、日本の歌の余韻とともに男性が私に何気なく言った中国語の意味が、しつこく渦巻いた。

お母さんが日本人ではないのなら、日本人と名のるべきではない。お父さんが日本人でも、お母さんがそうでなければきみは日本人とは言えない……。

（じゃあ、わたしは何なのだろう？）

ノートに「我的二分之一不是日本人」と試しに書いてみる。私の半分は日本人ではない。他の言い方はできないだろうか？　と思う。それで「我是不完全的日本人」とも書いてみる。私は完全な日本人ではない。ふと、「假《jiǎ》日《rì》本《běn》人《rén》」ということばが浮かぶ。

——我们都是假日本人。

（ぼくら偽日本人なんだ。）

そう言ったときの舜哉の口調ときたら、嘆く調子は微塵《みじん》もなくむしろ誇らしげでさえあった。舜哉は堂々としている。玲玲と五分五分だ。それから、こんなことを考えている場合ではないと思う。勉強しなくちゃ。ただでさえ、私はふたりに遅れているのに。ノートを脇にやり、教科書の末尾にある「词汇表（単語表）」に視線を落とす。安静（ān jìng）、本子（běn zǐ）、衬衣（chèn yī）、地图（dì tú）……ピンインをたどりながら無意識のうちに頭の中で母の声で再生する。母の声で想像すると、この中国語を自分は知っている、と感じられる。とたんに、母の声を再現できる自分がずるいことをしている気がしてくる。私以外の皆は、記憶の中の母の声になど頼らず白紙の状態で中国語を勉強しているのだから。

——この子の中国語は、ぼくよりも台湾人っぽいんだ。

私の知る他のひとたち——舅舅や阿姨や従姉たち——にはない日本語の反響のようなものが、父の発する中国語にはある。とはいえ父が、少なくない台湾のひとたちから、

「您的國語說得非常好呀（あなたは中国語がとてもじょうずですね）」

と褒められてきたことを私はちゃんと知っている。私の頭を撫でながら、

「不過、還是比不上媽媽是台灣人的這孩子（でも、母親が台湾人であるこの子にはかないませんよ）」

と返していたことも覚えている。

でも、それも、いまは昔のこと。

——你怎么普通话只有这种程度？

（あなたはどうしてその程度の中国語しか話せないの？）

ちらっと横を見やると、玲玲も私のほうを振り向いたところだった。目が合ったとたん、にこっと笑う。

「すごいひとと会えることになった」

「発音矯正講座」の先生の旧友であり、著名な日中同時通訳者と会食することになったと嬉しそうに告げるのだ。

「第一線で活躍するひとなの。今、たまたま上海にいるんだって。先生があたしを樋口景子の娘だって伝えたら、樋口とは何度も一緒に仕事をした仲だって喜んでくれて。でもそのひと、明日の午後しか空いてないいんだよね。みんなにそう伝えといて」

翌日の午後は皆で胡の家をたずねて、「包饺子大会」の予定だった。誘うだけ誘ってみてよ、と赤池や藤井、男性陣の清水や松村も言うので玲玲にもいちおう声をかけたのだ。昨年の春に入学して以来、漢語学院の同学たちは、中国語がずば抜けてよくできる玲玲に対して明らかに一目置いていた。玲玲もまた、そのことを当然のように受けとめているところがある。

——あたしは、みんなとはちがうんだもの。

そんな玲玲と同学たちの間に私はいつも立たされた。「包饺子大会があるんだけど」と誘ったときも、気が向けば行こうかな、と玲玲は全く悪びれない。そっかきっとみんな……と言いかける私に、がっかりするよ、でしょ、と茶目っ気たっぷりに先回りする。私は玲玲のことを少しだけ憎たらしいと思った。

＊

水餃子《すいぎょうざ》が茹で上がる。一気に八十個も。迫力がちがう。お湯にとおしただけなのに、皮から匂い立つ芳ばしさのために食欲が刺激される。日本語学科の学生たちから、どうぞどうぞ遠慮しないで、とすすめられ、私たちは水餃子をそれぞれの椀に嬉々と掬《すく》いとる。

「舌头都要化了（舌がとろける）！」

寺岡が叫ぶ。こんなにおいしいギョーザはじめて食べた、と藤井も感嘆する。私たちの感動をよそに、范《ファン》が李に話し掛けている。ガッザッツェーイッゲーチンサン？　李も私たちには理解できないことばを范に返す。你们现在说的就是上海话吗（今のは上海語なの）？　と赤池が興味深そうにたずねる。はいそうです、と胡が日本語で応じる。胡もできるの？　と続けて訊かれた胡が、ザッ・ゥエ・ガン・イッゲゲ、とすましてみせる。それを聞きつけた范と李が半分からかうように、ノン・ザンへーエーオ・ガンダッローホーガッ、と胡を褒める。私たちにはまったくのちんぷんかんぷんだ。

「〝ザッ・ゥエ・ガン・イッゲゲ〟は、少し話すことはできますの意味です。〝ノン・ザンへーエーオ・ガンダッローホーガッ〟は、あなたは上海語を話すことじょうずです、と褒めました。そうですよね？」

胡は私たちへの丁寧な説明のあと、上海人であるふたりの友人を見る。范と李が愉快そうにうなずく。

「ええ、あなたの上海語は大変進歩しました。去年はザンヘーエーも知らなかったですからね」

ザンヘーエー、と赤池は復唱し、上海のことか、と納得する。広東語ともぜんぜんちがうんだなあ、と松村が唸る。清水が、おてあげ、といった調子でおどけてみせる。

「ぼくたち、シャンハイ語は、サッパリわっかりませ〜ん！」

「ぼくも、よくわっかりませ〜ん！」

清水の調子をそっくりまねる胡に皆は笑わせられる。

「もうしわけありません。我々は中国語よりも上海語で話すときのほうが楽なのです」

生まれも育ちも上海という范や李は、そう言いながらもどこか誇らしげだった。上海語で話すほうが楽なら、かれらにとっても普通话は一種の外国語なのかもしれないと私は思う。つまり范や李にとっての普通话は、胡のような上海語が通用しない中国人と話すためのことばなのだ。それにしても中国人である范たちが発音する、中国語《ちゅうごくご》、という日本語の響きは何だか新鮮だ。天原、我们这些水饺你觉得好吃吗（天原、ぼくらのギョーザは美味しい）？

李から話し掛けられて私は我に返る。吃《chī》がcīとならないように気をつけて、非常好吃（とっても美味しい）！　と中国の友人たちに笑ってみせる。

胡のアパートを出て大学の招待所に帰りつく頃にはもう夜も遅かった。鍵を廻そうとしたら、ドアが開いてしまう。一瞬、鍵を閉め忘れたのかと思う。遅くなるかも、と言って玲玲は出ていったのだ。リンリン帰ってるの？　と呼びかけるが返事はない。部屋をみまわすと、ハンドバッグが机の上に無造作に置いてある。すぐそばに、ワンピースが脱ぎ捨てられた状態で投げ出してあった。その中身はといえば、キャミソールとショーツというあられもない姿でベッドにうつぶせている。私は心配になる。声をかけるのをためらっていると、おかえり、とくぐもった声がする。少しほっとしながら、

「リンリン、どうしたの？　そんな恰好で寝たら風邪ひくよ」

玲玲は枕に顔をあてたまま首を振り、気だるそうに上半身を起こす。マスカラがつぶれて目の下に貼りついていた。

「具合でもわるいの？」

すると玲玲はにやっと笑って、

「毛沢東との内戦に負けた蔣介石が台湾に行かなかったら、今頃台湾人は中国語を喋っていなかったのかなあ」

私がぽかんとしていると、

「だってもともと台湾人は、中国語なんか喋ってなかったんだもん。蔣介石が台湾人に中国語を使えって命令したのよ。だからあたしのパパやミーミーのママは中国語を喋るんじゃないの」

「…………」

「でもね、もし蔣介石が毛沢東をやっつけていたら、台湾人は中国語なんか喋っていなかったかもしれない。そしたらパパたちは別のことばを話していたんだろうし、あたしだってたぶん、中国語じゃなくってそのことばを喋っていて、たぶん今も、上海になんか、中国になんか来ていなかった」

玲玲ときたら、一体、何が言いたいのだろう？　あまりにも唐突で、理解が追い付かない。茫然《ぼうぜん》としたまま玲玲の顔をじっと見つめていると、

「あ、きょうはちゃんと聞いてくれてる」

「え？」

「ミーミーはね、ときどきうわのそらだもん」

玲玲はへらへらっと笑いながら続ける。

「気づいてないと思った？　ミーミーってね、一生懸命聞いているふりをしてくれるんだけ

ど、ほんとは別のこと考えてて、そのときの顔がすごくわかりやすいの」

「そんな……」

心当たりはある。私の、子どものときからの、それこそわるい癖だった。彗からも指摘されたことがある。うろたえる私にかまわず玲玲は喋り続ける。

「あたし、一時期、中国語が大嫌いだった。家の中で日本語喋っちゃいけないなんてふつうじゃないって気づいたの。何でうちだけそうなの、ってママに訊いたら、パパの言葉だからだって。パパはパパで、あんまり日本語じょうずじゃないから、あたしが日本語で文句を言っても、你用國語再說一次、としか言わない。こんな家へんだって。なんでパパは日本人じゃないの？　あたしもふつうのパパが欲しかったって」

声が、うわずっていく。

「でもあるとき、こいつのお父さんガイジンじゃん、って言われたとき、かっとなったの……」

玲玲の目が潤んでいるのに私は気づく。

――こいつのお父さんガイジンじゃん。

それは、気が強くて弁の立つ玲玲に言い負かされた子が悔し紛れに放ったことばだった。

その瞬間、自分でも驚くほどの強い力が玲玲の体の底から湧き上がる。

——あたしのパパはガイジンなんかじゃない。台湾人よ！

しん、とした教室で玲玲は二度、繰り返した。

——いい？　よく覚えておいて。あたしのパパは台湾人よ。ガイジンなんかじゃない！
ガ、イ、ジ、ン、な、ん、か、じゃ、な、い。
そう叫んだときの玲玲の声を想像した途端、私の記憶の底からある声がよみがえる。

——お母さん、ガイジンなんでしょ？

小学校二年生の頃だ。習字教室の帰り道、ふたりの女の子に待ち伏せされた。かのじょたちの顔は知っていたけれど、名前はわからない。戸惑う私に一人が、天原さんのお母さん日本人じゃないんでしょ、と話し掛ける。黙っていると、ナニジンなの？　と詰め寄る。どうしていいのかわからず無言のままでいたら、

——なんでもったいぶるの？　教えてくれたっていいじゃん。

声が、さらに迫ってくる。台湾人だよ、と小声で告げてその場から離れようとするが、

——タイワン？　嘘つかないで。そんな国、聞いたことない。

ほんとだってば、と言う私の声はほとんど震えていた。私の目に涙が浮かぶのを見ると、この子泣いてる、と女の子のひとりが気味悪そうに言う。もうひとりのほうが、もういいよ、と私をどんと押した。私はよろめきながらもほっとしてその場を急いで離れた。数年後、私

のからだを突いたほうの女の子は彗に告げる。

——天原さんって純粋な日本人じゃないんだよ。

それが何だというの？　玲玲なら、きっとそう言うだろう。なんであんたたちにそんなこと言われなきゃならないの？　悔しさは、いまも疼《うず》くのだ。ナニジンなの？　と詰め寄られたとき、きっぱりとそう言って、その場を堂々と立ち去りたかった。玲玲ならきっとそうしただろう……日本人と台湾人の両親の間に生まれ、日本で育ち、中国語を勉強中。自分が玲玲のようだったら、と上海に来てから数えきれないほど思った。ほとんど同じ境遇でありながら、玲玲は私よりもずっと順調に生きている。少なくとも私には、そうとしか思えなかった。けれども今、その玲玲が目を赤くしながら、すがるような口調で私の同意を求めているのだ。

「ねえ、ミーミー。あたしのパパや、ミーミーのママは台湾人よね？　そうでしょ？」

少なくとも、ガイジンではない。私はうなずき、玲玲の手をとり、握る。

「何があったの、リンリン？」

きょう起きた出来事について、私の友だちはようやく話しはじめる。口論の相手となったその男性は、玲玲がただの日本人ではないことがはじめから気に入らないようだった。自分の父親は中国人ではなく台湾人だと言って譲らない玲玲をせせら笑うようにそのひとは言った。

「……じゃあなんでおまえの父親は中国語を話すんだ？　台湾人なら台湾語だけ話せばいいだろう？　でも現実はどうだ？　南方訛りの中国語を話すのをいいことに、おまえの父親たちはこぞって中国に戻ってきてたんまりと金を稼いでいるじゃないか」

玲玲は小さな子どもがいやいやするように首を振って、

「あたしじゃなくて、パパのことを馬鹿にする言い方が許せなかった」

しゃくりあげる玲玲の肩を私は抱く。私にしがみつくと、玲玲はぼろぼろと涙を流した。

とにかくおまえの父親は中国人だ。台湾はおろか、中華民国などという国家は現存しない。これは議論の余地のない真実なのだ。

——这是无可争辩的真理！

玲玲は叫びながらそれを再現する。嗚咽《おえつ》をあげる玲玲の背中を私はさする。

——你的父亲是中国人。

その中国語は、こんなにも玲玲を動揺させる。そう、かつてぶつけられた「こいつのお父さんガイジンじゃん」という日本語と同じぐらいに。

「……ごめん」

玲玲が私から体を離す。だいじょうぶ？　と問う自分の声が掠れる。玲玲をなぐさめられるようなことを言いたいと思うのに、それらしいことばが全く出てこない。そんな自分がひどくもどかしくやるせない。ところが玲玲は、

「他のひとたちに、こんな姿見せられない」

「え？」

「恥ずかしい。それに悔しいもん。ミーミーになら、あたし自分を曝《さら》け出せる」

「…………」

化粧が崩れた顔の涙を指先で拭《ぬぐ》いながら、

「あたし、ミーミーと一緒に上海へ来られてよかった」

いつもの、ちょっとふてぶてしいような玲玲に戻っている。つられてほほ笑む私を見つめながら、パパに会いに行こうかな、と玲玲は言いだす。

「上海に来てからあたしずっと考えてたの。中国にいる台湾人って、どんな気持ちなんだろうって。深圳の姐姐と姐夫は、外国にいるようなものだって笑ってたけどね。でもパパの場合、本当にことばが通じない日本にもいたわけでしょ。どんなふうに思ってるのかなって。だから決めた。こんどの週末、あたし、北京に行ってくる。パパと話すんだ」

玲玲のお父さんは今、北京にいるのだと私は改めて気づく。いつか玲玲が教えてくれた。——言葉がつうじるから、台湾の企業人にとって中国は進出しやすいのよ。

普通話ではないけれど、國語もまた中国語なのだ。范が「我々は中国語よりも上海語で話すときのほうが楽なのです」と言っていたのを思いだす。上海語を話す上海人たちにとって普通話が一種の外国語のような母国語であるのなら、國語を話す台湾人にとっての普通話はある意味では母国語のような外国語になるってこと？　……気をとりなおした玲玲がシャワーを浴びている間も私は考えずにはいられない。

――もし蔣介石が毛沢東をやっつけていたら、台湾人の母国語は中国語じゃなかったかもしれない。

目が眩《くら》む思いがする。そんなこと、思いつきもしなかった。台湾人たち――母や、玲玲のお父さん――の「母国語」が、ひょっとしたら中国語ではなかったかもしれない、だなんて。

＊

よくない予感はあった。理由はわからないが陳老師の機嫌が悪かった。班長の松村が「起立」と号令をかけ、「老师好（先生こんにちは）」「同学们好（みなさんこんにちは）」という挨拶を交わす最中も表情が険しかった。「请坐（すわってください）」と着席させたあとも雑談を一切挟まず「今天谁讲话（きょうは誰の番）？」と教室を見まわした。私の緊張はいっそう高まる。「我」と小さく挙手すると「请开始（はじめてください）」、やはり余談は抜きでうながされる。ノートを両手で持つ自分の指が震える。題は「我的中国语（私の中国語）」。

あらかじめ、舌を巻いておくべき箇所にはマーカーで印をつけておいた。

教室は静かだったが、窓の向こうの校庭では体育の授業なのかホイッスルの鳴る音がときおり響く。

「对我来说、日语并不是〝妈妈〟的语言、宁可说那是〝爸爸〟的语言。所以我想把日语〝叫做〟〝父语〟……（わたしにとって日本語は、〝母〟の言葉ではない。むしろ〝父〟の言葉です。だからわたしは日本語を〝父語〟と呼びたい……）」

「父語《fù yǔ》？」

訝《いぶか》しそうな陳老師の声に私のスピーチは遮られる。ノートから顔をあげ、陳老師を見た。そんな中国語はありませんよ、そう言って溜め息をつくと陳老師は、

「他の人たちよりできるからといって、冗談ばかり書くのはよくないことです」

私は心底驚いた。ふざけているつもりはまったくなかった。ちがいますわたしは……と言う私を遮り、

「日本語でもそんな変な表現はないでしょう。父国語、だなんて。そんな言葉を口にしたら日本語がおかしいと思われます。今のあなたの中国語はそれぐらい変です」

陳老師はそう断言した。私はことばを失う。陳老師の苦言はそれだけでは終わらない。

「あなたは、中国语《zhōng guó yǔ》、と表現しましたが、そのような表現はありません。正しくは、普通话《pǔ tōng huà》と言います」

私はすっかり萎縮《いしゅく》する。

「きょうのスピーチはもういいです。次からは、もっと真剣に普通话とむきあう努力をしてください」

視界の端で添田や赤池たちが、思いやりのある同情を寄せてくれているのがわかった。休み時間になると、

「陳老師は、天原に少し厳しすぎるよね」

藤井が遠慮がちに切り出した。寺岡と油川が同意する。

「期待しているんだわ。せっかくよくできるんだから、きちんとした中国語を身につけてほしいのよ」

添田はそう慰めてくれるのだが、きちんとした中国語、という表現は私をざらりと引っ掻く。

「うん。だれよりも天原は期待されてるんだよ。それに天原にだけじゃない。陳老師はまじめだから、私たちに正しい中国語を教えなくちゃって熱心なんだよ」

夜になっても、鬱々《うつうつ》とした気分は晴れなかった。

——zhī、chī、shī って言えるのがそんなに偉いの？

玲玲が羨ましい。自分の中国語に自信がないから、私は強気になれず余計に不安になる。そのために少しでも中国語がうまくなりたいのに、その過程でこんなふうに躓《つまず》いている。

——中国語を勉強するんなら台湾に来ればいいのに。

おじやおばたちの言うように、留学先が台湾なら私の中国語はもっと順調に上達したのだろうか？

少なくとも、あなたの中国語は変です、と言われることはなかったはずだ。

——ふざけてなんかいません。

説明する余地すら、陳老師は私に与えなかった。

中国語を「中国语」と訳したのは、自分の母語は「國語」であると陳老師にむかって断言するのを憚ったためだ。「普通话」にしたくなかったのは、自分の母語と呼ぶにはそれが私にとってよそよそしすぎると感じるから。日本語のことを、「母语」と書かずに「父语」としたのは、私にとっての日本語は父の言語だからだ。母語と呼ぶべき私の母のことばは、中国語。それなのに……

我不会母国语。

わたしは母国語ができない。


我只会日语。

わたしは日本語しかできない。


但是、我是不完全的日本人。

しかし、私は不完全な日本人だ。


自分の文字が滲んで見える。陳老師の流ちょうな日本語の声が蘇る。

あ、い、い、あなたは変です。

中国語が、ではなく、私自身が否定された気分だ。唇を嚙み締める。ミーミー？　玲玲の声が聞こえる。私は顔を伏せる。泣いてるの？　と問う声に驚きが含まれている。私は指で目尻をぬぐう。

「ごめんなさい……なんか急に」

玲玲は立ち上がる。前の晩は震えていた小さな手がゆっくりと私の背中に触れる。私はこらえきれなくなる。

「わたし、リンリンが羨ましい。日本語も中国語もぺらぺら。半分台湾人なのはわたしもおなじなのに、わたしはダメ、全然ダメなの……」

堰《せき》を切ったようにことばを吐き出す私の背中を玲玲の手が撫でつづける。

「もういやだ。上海に、中国語をべんきょうしに来たはずなのに、どんどん自信がなくなっていく。わたしは変な中国語しか喋れないの。いっそ、日本人だったらよかった。そしたらわるい癖もなかったのに。でも、わるい癖ってひどいよ。ちっちゃいときはみんな褒めてくれたよ。今だって台湾にいたならきっと……」

涙をぽろぽろ零す私の耳もとで、

「哭哭、咪咪」

玲玲が囁く。

「泣くとママにいつも叱られた。強い子は泣いたりなんかしないのよって。でもね、パパはこっそりなぐさめてくれた。哭哭、玲玲って……」

——盡情地哭吧、玲玲。無論再堅强的人、都有想哭泣的時候。

(好きなだけ泣きなさい、玲玲。どんなに強い人でも、泣きたいときはあるもんだよ)

私は玲玲のお父さんの「國語」を想像する。「普通话」とはちがう。母が喋っていた私たちの、チューゴクゴ。台湾人の中国語だ。玲玲が、よし決めた、と立ちあがる。

「今のあたしたちに必要なのは気分転換よ」

「え？」

にやっと笑って、受話器を持ちあげる。どこかにかけながら「奸雄识奸雄」と呟くのだが、このときの私はまだそれが「蛇の道は蛇」とは理解できない。受話器にむかって、Lóng Shùnzāi? と呼びかける玲玲の声を聞きながら、龍舜哉という三つの漢字よりも早く、舜哉がいつも漂わせている香りを私は思いだす。

＊

添田たちの部屋のドアの隙間に「気分転換のために一日休みます。呉嘉玲も一緒なので心配しないでください」と書いた紙を滑り込ませる。人気《ひとけ》の殆どない早朝の廊下で「ミーミーはまじめなんだから」と玲玲がいたずらっぽく囁く。

あと一時間もすれば授業に急ぐ学生で溢れ返るはずの大学招待所のロビーはまだがらんとしている。

「早安（おはよう）！」

背の高い警備員が挨拶する。ずいぶん早いねえ、早朝学習かい？　と問われて私はどぎまぎしてしまうのだけれど、玲玲は堂々としたもので、そうあたしたちは勉強熱心なの、とほほ笑む。再見！　と警備員に手を振ったあと私の腕をとると、そうだよきょうは課外学習なんだから、と日本語で笑う玲玲は清々《すがすが》しかった。前回と同じように中庭の噴水の傍らで、舜哉が私たちを待っていた。

「奸雄识奸雄。ようこそ、サボタージュの世界へ」

わざとらしくかしこまってみせる。玲玲が肘《ひじ》で小突くように、

「真是的（よく言うわ）！」

ふたりらしい、いつもの応酬が可笑しい。あの瞬間、特別な一日になる予感を抱いていたのは、たぶん私だけではなかった。

七月下旬のよく晴れた金曜日、ほんとうならば上海の大学の教室で「普通话」を学んでいるはずの時間、私は玲玲と舜哉と一緒に、水の都・蘇州《そしゅう》の空の下にいる。前方には、かの有名な東洋の斜塔として名高い北宋年間創建の塔がそびえていた。

虎《とら》の丘《おか》、と舜哉が私たちに教える。虎丘《hǔ qiū》でしょ、と玲玲。でも、とらのおか、のほうがカワイイ感じがするね、と言う私に、さすがミーミーわかってる、と舜哉は嬉しそうにうなずく。頭上の空は上海よりも澄んでいるように思えた。運河が町を縦横に走っているから橋の

数が多いんだよ、と説明する舜哉も蘇州ははじめてと言うのだが、慣れた足取りで私たちを案内する。白壁と黒瓦が印象的な家並みを横目に、運河に囲まれた水郷の町を私たちはそぞろ歩く。上海からそう遠くないのに、まるで別世界だ。光を跳ね返しながらたゆたう水辺を、ときおり小舟がとおる。たちどまった舜哉が、手をふる。私と玲玲も、小舟の乗客に手をふる。乗っているのはほとんど観光客のようだ。

「観光地でもあるけれど、ほんものの民家もある。ほら」

舜哉の指さす方向に目をやると、すすけた壁の前に物干しざおがあり、家族分と思われる洗濯物が水を滴らせている。ここで実際に暮らしているひとたちもいるのだと思うと、ふしぎな気がした。

——中国って大きい。これだけ大きければ、おれみたいな中国人がいてもおかしくないいんちゃうん……。

いつかの舜哉の言うとおりだ。中国は大きい。上海にいるだけでは、この国のことは理解できない。そんなあたりまえのことを感じとれるだけでも、きょうの授業を抜けてきてよかったのかもしれない。

「ふふ。だってこれは、課外学習だもの」

玲玲もいつになく、のびやかだった。

——ミーミーになら、あたし自分を曝け出せる。

きっと玲玲にとっては舜哉もそうなのだろう。随所に中国語を混ぜながらおとといの夜の不愉快な顚末を舜哉にむかってまくしたてている玲玲は、寛大な兄に甘える我儘《わがまま》な妹のように見える。

「氣死了（むかつく）！　その中国人は薄笑いを浮かべながらあたしに言ったのよ。这是无可争辩的真理！」

議論の余地はないんだ。それならどうして口論になるの？　なぜあんなにも頑《かたく》なに台湾を国とは認めたがらないの？　そうまくしたてる玲玲の瞳には生気がみなぎっていた。挑発的ともいえる口調に私は慣れていたけれど、少しも動じないようすを見る限り舜哉もたぶんそのようだ。

「腕をもぎとられるような気分にでもなるんやないかな」

「どういう意味よ？」

「子どものときからずっと台湾は自分たちの国の一部なんだって教わってきて、疑わずに生きてきたんや。それをいきなり、台湾は中国とはちゃうなんて言われたら、なんかしら体の一部が奪われたような、そういう気分になるんやないのかな」

私たちは、運河の畔の茶店にいた。舜哉が玲玲と私にアイスクリームを奢ってくれる。自分はビールをゆっくりと飲んでいる。対岸には、観光客の目を愉しませる目的で整備した明朝時代風の木造家屋が見える。日が沈んだら、赤い提灯が風情たっぷりにこの町を照らすはずだ。

「そんなのおかしい。中国人が勝手にそう思ってるだけでしょ。台湾人はそうは思ってないんだから」

舜哉に反論する玲玲のアイスクリームが溶けかかっている。喋るのに夢中であまり口をつけていないせいだ。玲玲は真っ直ぐすぎるんだよ、と舜哉は断じる。どういう意味、と玲玲が唇を尖らせる。

「そりゃあ、他人からおまえはこうなんだって決めつけられるなんて、おれも絶対にごめんだよ。でも、それに対抗するのに、いやうちはこうなんですって無理にでも相手に認めさせようと躍起になるのはどうやろなって……」

風がそよぎ、私たち三人の頭上で赤い提灯がかすかに揺れる。

「ひとはそれぞれやし、それぞれの正しさがある。似たような環境で育った日本人同士だってそうなんやから、国境を越えたらなおさらや。自分のほうが正しいと押し付け合って譲り合わなかったら、だれとも親しくなれない。そんなのさみしいやんか」

熱弁、という口調ではないが、一言一言に実感がともなっている。何か感じるものがあったのか、玲玲はうつむき、そのとたんアイスクリームが溶けかかっているのに気づいたのか匙《さじ》を動かす。ふと、舜哉が私を見ている。ミーミーはどう思う？　と問いかける。玲玲の視線も私に向く。わたしは……とっくに空になったお皿に匙をこつこつあてながら、

「……真剣な話をするときの舜哉は関西弁と標準語がごっちゃになるんだなあって」

玲玲と舜哉が顔を見合わせる。もうミーミーってホントのんきなんだから、と玲玲が苦笑する。

「あはは、對我來說、講這種日語最自然！」

これが自分にとって最も自然な日本語なのです、と言う舜哉の中国語もまた舜哉らしいのだ。的外れだったかな、と少しばつが悪くなりながらも私は考えていたことを言う。

「わたしも舜哉が言うように、ひとにはそれぞれ別々の正しさがあって、だからこそ難しいんだなあとは思うよ。でも……」

あなたの中国語は変です、と陳老師から言われたときの動揺がよみがえる。陳老師はまじめだからきちんとしいたた中国語を身につけてほしいと熱心なだけなんだよ、と励ましてくれた同学たちの善意が、申し訳ないけれど心苦しかったことも。陳老師に押しつけられる正しさが窮屈なら、私は私の正しさをきっぱりと示せばいい。そう思うのだけれど、考えれば考えるほどわからなくなるのだ。私にとっての、正しい中国語は何なのか。普通話を完全な外国

語として学んでいる日本人とはちがう。中国の人に言わせれば南方訛りの國語を台湾人のように堂々と喋るにはレベルが全然低い。

「近頃は、どっちの中国語からも見放されている気分なの。いっそ勉強しようと思わなければ楽だったのかな。子どものときみたいに、イー、アール、サンって言えただけで歓声があがるような環境で、我會說一點點（わたしすこし話せます）、っていうほうが、ね」

そう話しながら、いま、自分が浮かべている笑顔はずいぶんと間が抜けているんだろうなと思う。事実、舜哉の表情は何か考え込んでいるふうだった。

――ナニジンであろうがミーミーはミーミーなんだから、ミーミーの中国語を堂々と喋ればいい。

また、そう言おうとしてくれているのだろうか？　だめよ、と語気を強めた玲玲が私を見据える。

「そんなのもったいないよ。イー、アール、サンだけでいいなんて。大切なミーミーのママのことばなんじゃないの。ミーミーはね、ほかの子たちとはちがって特別なんだから。あたしと一緒で、親が台湾人なんだもん」

「…………」

真剣そのものの玲玲から私は目が逸らせない。

「それに、ミーミーね、自分が思ってるほど中国語へたじゃないよ。むしろ、じょうずなほうだよ。そりゃ、あたしと比べたらちょっとばかり劣るけど……」

今度は私と舜哉が吹き出した。

「玲玲は正直やなあ」

舜哉に私も同意する。

「でも玲玲の言うとおりだよ。イー、アール、サンだって台湾人のお母さんがいたからミーミーの血となり肉となったんやろ。その厳しいセンセイが何と言おうと、中国語はとっくにミーミーの一部なんだよ。脈々と受け継いだ、言ってみれば財産やで。まあ財産言うても、ひとに見せびらかすとかそういうためのものじゃなくて、おれが言いたいのはつまり、ミーミー自身がその自分の一部のような中国語を堂々と誇ればいいんだってことなんやけど……」

「不錯（そのとおり）！　龍舜哉、良いこと言う」

玲玲の合いの手を軽くあしらうと、ここからは玲玲と意見が分かれるかもしれないけど、と前置きしてから、

「おれは正直、ミーミーがどうしても中国語なんか勉強したくないんなら、それは、それでやめたってええと思う。別に、親の母国語だからって必ずそのことばができなくちゃならな

いってことはないとおれは思ってる。つまり、親のどちらかが中国人とか台湾人なら、その子どもは中国語ができてあたりまえだとは思わないんだ」

そう主張する舜哉のまなざしは潔かった。玲玲はその意見に素直に同調できないようだ。その気持ちが私にはわかる。何しろ玲玲が日本語を禁じられながら育ったのは、ほかでもなく、父親の母国語である中国語を習得するためだったのだから。私に、というよりは玲玲に聞かせるように舜哉は茶目っ気を込めて続ける。

「お忘れですか？　ぼくの親はどっちも中国人なんですよ。帰化したからいちおう日本人になってるけど、そうじゃなきゃ、ぼくだって今頃、中国人……いや、うちの親はどっちも中華民国籍だったから台湾人だったはずなんや。そしたらおれはどうなる？　日本人やないのに、日本語が母国語っていう状態になる」

いいいいいいいいいいいいいいいい日本人ではないのに、日本語が母国語。息を呑む私の隣で玲玲も舜哉のことばにじっと聞き入っている。

「それがあるから、おれずっと思ってたんだ。ナニジンだから何語を喋らなきゃならないとか、縛られる必要はない。両親が日本人じゃなくても日本語を喋っていいいし、母親が台湾人だけれど中国語を喋らなきゃいけないってこともない。言語と個人の関係は、もっと自由なはずなんだよ」

風がまたそよぐ。少しのまのあと、有道理《yǒu dào lǐ》、玲玲が溜め息まじりに呟く。わからなくもないけど、と日本語で言い直してから舜哉と私を順番に見つめる。

「でもあたしはやっぱり、ミーミーには中国語をやめてほしくない。ミーミーはあたしの大切な仲間だもん」

こんなふうに玲玲から励まされるとは思わなかった。舜哉も私を見つめている。ふたりに、ありがと、と告げる。

「中国語、やめないよ。ちょっと弱気になってただけ。玲玲の言うとおり、母が台湾人だったから、わたしは中国語をやろうって思ったの。でも上海に来て、そのわりにはへただねって言われるたびに自信をなくしてた。だから舜哉のことばがうれしい。親が台湾人だからって無理に中国語をやらなくてもいいんだって思ったら、かえって楽になった気がする。これからはもっと肩の力を抜いて中国語をがんばれそうだよ。ふたりと話せてよかった。こういう悩みってふつうの日本人にはきっと……」

言いよどんだ私を、玲玲と舜哉が見つめる。

「ごめん。ふつうの日本人なんて言い方、ちょっと傲慢だったなあって思って」

「そう？　でも、あたしたちが特別なのは事実じゃない」

その点に関する玲玲は、あくまでもゆるぎがない。

「そうやそうや。おれたちは特別なんや。因为我们都是假日本人（ぼくら偽日本人なんだか
ら）」

舜哉の声もとびきり明るい。玲玲が、もう、と舜哉を睨む。

「假日本人は、舜哉だけにしてよ。あたしとミーミーまでインチキっぽくなっちゃう」

「はは、ぼくにとってそれは最高の褒め言葉ですよ。インチキ日本人、最高です。ほんもの
の日本人なんか、日本じゅうにいっぱいいる。偽のほうが貴重。おれたちは貴重な存在なん
ですよ」

舜哉の顔に目があたる。眩しそうだ。玲玲がしみじみと呟く。

「龍舜哉ってひとは、しょっちゅう勉強サボってこんなことばっか考えてるのね」

「はは。よし、乾杯しよう！ ミーミーが中国語をこれからも学び続けると宣言し
たことを祝そうじゃないか」

いつもの、気取った笑みを舜哉は浮かべる。宣言なんて、と言いかける私の隣で、好主意
（いいね）、と玲玲が瞳を輝かせる。舜哉は二杯目のビールと、私と玲玲のコーラとサイダー
をそれぞれ注文する。

「ガンパイ！」

三人で重ねた声は、中国語とも日本語ともつかない響きになる。アイスクリームを食べた

ばかりだし中国風の冷えていない炭酸飲料はさして美味しくない。それでも、いま、この瞬間が、何かとても尊いものに思えるのだ。あ、と呟く私を、舜哉と玲玲が同時に見る。

「いまね、心に虹がかかったみたいな気持ち」

「なによそれ?」

玲玲は笑うが、舜哉にはすぐ伝わった。それは、『青い蓮』に出てくるタンタンのことを兄のように慕うチャン・チョンジェンのことばなのだ。みなしごのチャンは、もうじき迫るタンタンとの別れを悲しみながらも、タンタンに引き合わせてもらった老夫婦が自分を養子として引き取ってくれるという喜びを同時に募らせて、こう言う。

——心に虹がかかったみたいなの。

チャンにとって、タンタンはまたとない友だちだった。きっと、私にとっての玲玲と舜哉がそうであるように。

アイノコ、という台湾語がふと浮かぶ。

祖母に手を引かれながら野菜や果物の芳しさが奔放にいりまじる台北の菜市場《ツアイチーヤア》を歩いているとき、祖母は知り合いと出くわすたび私のことをこう説明していた。

——グン・セーハン・チャボギャア・エ・ギンナア。イ・エ・ラオペ・シ・リップンラン。

(うちの末娘の子よ。そうなの、この子の父親が日本人なのよ)

——ホウ、チレ・ギンナア・シ・カ・リップンラン・エ・アイノコ。

（まあ、日本人とのあいのこなのね）

「はは、リンリンもミーミーも台湾語だとアイノコか」

「舜哉も似たようなもんでしょ。偽日本人なんだから」

「そやなあ、日本と中国がまざりあってる。おれも台湾語ならアイノコだ」

——あいのこでも、なかなか似合うもんだなあ。

そのことばは、私たちのような子どもを侮蔑するためにある。でも、そのことがどうして私たちを貶めることになるの？

「我們都是不完全的日本人（私たちは皆、不完全な日本人です）」

舜哉と玲玲のおかげで、いつしか私も自分が「不完全的日本人」であることを、嘆かわしいどころか、喜ばしいことのように感じはじめていた。ふたりが揃って私を見つめる。咪咪、是什麼讓妳笑咪咪？　ミーミーったら何があなたをそんなにニコニコさせてるの？

「アイノコって響き、愛の子どもみたいだなあって」

ダジャレみたいな思いつきに、私の友だちふたりは一瞬ぽかんとしたが、ミーミーらしいよ、とすぐに玲玲が笑う。それならおれたちは愛の子やね、と言う舜哉の声も明るい。異境の空の下、私たちはそれぞれとても上機嫌だった。

蘇州まで来たのだからと、夏の光を跳ね返しながら艶やかに光る葉と葉が豊かに寄り合う蓮の花が咲く池も眺める。

「帰りたくなくなるね。いっそ、一泊していこうか」

無数の蓮が浮かぶ池の畔で耳にする舜哉の提案には夢みたいな響きがあった。玲玲は冷静だ。

「だめよ。あたしは明日、パパに会いに北京へ行くんだから」

玲玲が帰ってくるのは日曜日の夜の予定だ。その玲玲がお手洗いに立つ隙に、

——なら、明日はふたりで遊びに行こうか？

耳打ちされて、ほとんど弾みでうなずいてしまったとき、彗ではなく、玲玲にたいする奇妙なうしろめたさがふっと胸を射す。そんな自分を蓮の花が笑っている気がする。

＊

小さかった頃、父は色々な歌を中国語で歌ってくれた。爸爸唱歌（パパ歌って）と私はねだる。

——唱什麼（何を歌う）？

――大象（ぞうさんの歌）！

「大象」は、私のお気に入りの歌なのだ。

大象、大象、
你是喜歡爸爸還是媽媽？

我好像比較喜歡爸爸！


父はわざと「媽媽」の部分を「爸爸」と歌う。そのたびに、私はけたけたと笑った。爸爸唱得不對（パパのお歌まちがってる）！　父はとぼけたものだった。

――可是、咪咪也喜歡爸爸吧？

（でも、ミーミーはパパのことも好きでしょ？）

台北に住んでいた頃は母だけでなく父も中国語で喋っていた。私が二歳半のとき、両親は東京に引っ越す準備をはじめる。父の就職が決まったからだ。母は、夫の「出世」を祝福した。父は、妻を国外に連れて行くことになり、かのじょの両親が心を痛めないか心配した。いいのよ、あたしのお母さんもそうだったもの、と母は笑った。私の母方の祖母も、夫と世帯を持つために長い時間列車を乗り継ぎ、南の港町から北の大都会に移り住んだのだ。

父には「帰国」、母にとっては本格的な「出国」を控えたある日、この子を日本で育てるのなら、と母は切り出した。

――あなたはミーミーに日本語で話しかけるべきよ。

父は息を呑み、母の顔を見つめ返す。

――日本人のあなたまで中国語で話しかけるなんてもったいない。これからは、あなただけでもちゃんとした日本語をこの子にたくさん聞かせてよ。

真正的日語。母は真剣そのものだった。長い沈黙ののち、父は応じた。きみがそれを望むなら。

――如果妳堅持的話、我就那様吧。

（きみがそれを望むなら、そうしよう）

「早安」のかわりに「おはよう」。

「好吃」ではなく、「おいしい」。

「謝謝」を、「ありがとう」。

「大象」は、「ぞうさん」。

父の声をとおして聞く新しいことばを、幼い私は次々と覚えていく。「ミーミー」よりも

「コトコちゃん」と呼ばれたがる頃には、世界には二つのことばがあると感じるようになっていた。ひとつめは、おうちで喋ることば。もうひとつが、おうちの外――幼稚園――でも通じることば。

「あの頃の私は中国語を喋ることがとても楽しかった。幼稚園では通じない分、私にはそれが、父と母と私だけの特別なことばに思えたのね。そこに、母の台湾語も混じっていると知るのはもっとあとだった……」

日が翳《かげ》ってきた。新しい客が到着したらしい。扉の向こうで男女の話し声が響く。耳を澄ましてみると中国語でも日本語でもない。タンタンと愛犬スノーウィのように、うんと遠くからやって来たひとたちかもしれない。扉には鍵がかかっている。部屋の内側には一人用ベッドが二つ。そのうちの一つに私は腰かけている。枕のあるほうの壁の窓からは黄色く濁った河に架かる橋がわずかに見えた。

――あの橋が境界線だった。虹口の日本人は証明書なしにはこっち側に渡ってこれなかった。

その橋の下を流れる河の名が「蘇州河」と知ったとき、きのう蓮の池の畔で芽生えた夢が突如実現したと思った。鞄ひとつの状態で軽々と世界じゅうを旅するようなひとたちが、寝床とするのにうってつけの「旅社《lǚ shè》」、ユースホステルの一室に、私は舜哉といた。足音が遠ざかり、別の部屋の扉が閉まる音がする。静寂さが戻る。私はまた喋りだす。

「あるとき、日本の大象はパパのことを忘れてるの、と言ったら、父と母に笑われた。台湾の大象は、パパとママのどっちが好きなの、と訊かれているのに、幼稚園で歌った日本のぞうさんは、だあれがすきなの、としか訊かれないんだもの」

舜哉が、そこで笑う。たしかにな、と寝そべったまま私にむかって手をのばす。

ぞうさん　ぞうさん
だあれがすきなの
あのね　かあさんがすきなのよ

舜哉の指が私の頬に、唇に、顎《あご》から首へと伝っていく。他愛のない調子ではあるけれど、触れられると、最初のときの、こわれものを扱うような、こわごわと進み入るうちに熱を帯びながら力がこもりはじめた舜哉の感触がよみがえり、つい目を閉じてしまう。

私たちの部屋からは蘇州河がかろうじて見えるばかりだが、このビルの屋上にあがれば、外灘の景色が一望できる。世界じゅうの旅行者たちが上海の町に本格的にくりだす前に腹ごしらえができるように軽食も出る。日が暮れたらビールでも飲みに行こうと舜哉は言った。

日が沈むまで何するの？　と私は訊く。さてどうしよう、舜哉はとぼける。思う存分しゃべったり、くたびれたら昼寝でもしたり、それに……私たちはすべて実践した。部屋が薄暗くなってきている。時間は順調に流れていた。今頃、玲玲はお父さんと会えた頃だろうか？お昼過ぎに浦東を発つ飛行機なので、とっくに到着しているはずだ。けれども私たちのどちらも、この隠れ家に籠《こも》ってからは玲玲のことを話題にしなかった。

「よく考えたら、母だけじゃなくて父も中国語でわたしに語りかけてたんだよね。舜哉が、言語と個人の関係はもっと自由なはずだって言うのを聞いてわたし、気づいたの。わたしの父と中国語の関係がそうなんだって。父にとって中国語は縁もゆかりもない外国語だった。それなのに父は、夢中になって学んだ……」

そして台湾人の母と出会い、私がうまれた。こんな調子で私は、自分の話ばかりをしている。舜哉も、私の話を聞きたがる。少なくとも、私にそう思わせるのには充分なそぶりで耳を傾けている。

「わたしが中国語をべんきょうしたいって言ったときも、父は母より喜んでいたぐらいなんだから。それに思いだしてみると、中国語の歌は、母よりも父のほうがよく歌ってくれたっけ」

ぞうさん　ぞうさん
だあれがすきなの
あのね　とうさんもすきなのよ

メロディーは同じだけれど、私は「ぞうさん」よりも「大象」で歌ってもらうほうが好きだった。爸爸唱大象（パパ大象を歌って）！　すると父はわざとこう歌いだす。

咪咪、咪咪、
你是喜歡爸爸還是媽媽？
我好像比較喜歡……

爸爸と媽媽の、どちらか一つを選べない私は、爸媽！　と声をはりあげる。父と母の半分ずつが私の全部なの。舜哉は、瞼《まぶた》を重たげに瞬《しばたた》かせる。ねむたいの？　私に問われて、すこしね、とほほ笑む。でも寝ないよ、もったいないから、と囁いたあと、歌って、と唐突に言いだす。

「ミーミーの歌声が聴きたい。ねえ、歌ってよ」

身をよじって逃げ出そうとする私を舜哉はやわらかく押さえつける。鐘の音が、聞こえる気がする。例の、旧江海関の時計台から響く「東方紅」。いや、空耳かもしれない。舜哉に、偶然、声をかけられたときも私はメランコリックなあの旋律に浸っていた。毛沢東を讃える歌だとは知らずに。

――台湾人は、中国語なんか喋ってなかった。蔣介石が台湾人に中国語を使えって命令したのよ。だからあたしのパパやミーミーのママは中国語を喋っている。

もしも蔣介石が毛沢東に勝っていたのなら、今頃台湾人は何語を喋っていたのだろう？　ひょっとしたら、日本語を喋っていた？

日本で暮らす母よりも、日本語がはるかに流ちょうだった私の台湾の祖父母が、その可能性の証ではないか？　私は戦慄《せんりつ》する。

――あの頃は、台湾にも上海にも日本人がいっぱいいて、我が物顔で歩いてたんだ……

それは、まだ、中華人民共和国という国家が存在していなかった頃のこと。台湾人は、日本人だった。歴史の教科書に書いてあることが、突然、私自身のこととして迫ってくる。私の中で半分ずつだった日本人と台湾人が溶けあってひとつになったように感じる。そのことを舜哉に伝えたいと思ったが、息がいまは声にならない。蘇州河が流れる町の狭いベッドの上で舜哉と重なりあう私は、洩《も》れる声がことばにならずに音でしかない段階に留まっていることを堪能する。

*

最後の一週間がはじまる。添田や皆に、急に休んで心配させたことを詫《わ》びる。

「陳老師も心配していたよ」

陳老師も？　それは心配ではなく、もっと咎《とが》めるような感情なのではないか。とうとういつおれの授業をサボりやがって、というような。

授業のあと、私はそそくさと教室を出る。大学の正門で、班長の松村に呼び止められる。私を追いかけてきたらしく、息があがっている。どうしたの、と笑ったら、話があるから教員室に来なさいと陳老師が言っている、と早口で告げる。陳老師が？　たぶん、私の顔がこわばったのだろう。松村がひどく申し訳なさそうにうなずく。

五分後、ほかの先生方はほとんど昼食のために出払っている人気のない教員室で私は陳老師とむかいあう。请坐、と私を座るように促すと、

「天原《ていえんゆえん》、あなたの作文を最後まで読みました」

私はあまりの緊張に喉が渇くのを感じる。あのとき、スピーチそのものは途中で遮られてしまったけれど、その元となる作文は授業後に提出させられたのだ。すっかり硬くなっている私にむかって、陳老師は淡々と読み上げる。

「対我来说、日语并不是〝妈妈〟的语言、宁可说那是〝爸爸〟的语言。所以我想把日语〝叫做〟父语……」

（……私にとって、日本語は〝母〟の言葉ではありません。むしろ〝父〟の言葉です。だからわたしは日本語を〝父語〟と呼びます）

陳老師の声をとおして聞く自分の作文の一節は、他人が書いたもののようによそよそしく感じられる。

「因为我在日本长大的、所以我对〝父语〟不觉得不安。但是我对〝母语〟没有自信、以后我想更努力学好我的〝母语〟」

（日本で育ったので、〝父語〟に不自由は感じません。けれどもその分、〝母語〟がじょうずではないのが辛いと感じます。もっと〝母語〟の学習を努力して、自信を持てるようになりたいです）

そう思うのならばふだんからもっと努力しなさいと叱責《しっせき》されるのだろうか？　私の緊張は高まる。ところが、事態は私の予想とまるで異なっていた。

「我误会了」

私の作文を朗読し終えた陳老師はそう言ったのだ。きょとんとしている私にむかって、日本語に切り替える。

「私は誤解していました。あなたは真面目にこれを書きました」

「………」

「冗談を書いてはならないと指摘したのは私の誤解でした」

何と反応すればいいのか見当がつかず、私は目の前の陳老師をそっと見あげる。陳老師の表情は相変わらずよくわからない。根据你的作文（この作文によると）、と切り出し、あなたのお父さんは中国語が話せるそうですね、と陳老師が中国語でたずねる。緊張しながら私も中国語で、はい私の父は中国語が話せます、と答える。他的水平比我高（かれのほうが私よりもレベルが高いです）、ということばが浮かぶが呑みこむ。あなたのお父さんの職業は何ですか、と質問が続き、大学で教えています、と私は答える。大学で？　あなたのお父さんは大学教授なのですか？　是《shì》と、舌を巻くことを意識しながら私は答える。問答はまだ続くようだ。お父さんの御専門は？　民俗、という単語の発音がとっさに思いだせず、私は焦る。ミンゾク、と呟く私に、民族《mín zú》？　と陳老師が目をまるくする。不、不（ちがう、ちがう）となおも焦る私に、mínsú？　と老師は続ける。確信がもてないので私は、他研究台湾的传统的木偶剧叫布袋戏（布袋劇と呼ばれる台湾の伝統的な人形劇を研究しています）、と言う。なるほどわかりました、と陳老師はうなずく。

「所以妳父亲会説普通话、实在是非常优秀啊」

（それであなたのお父さんは中国語を……素晴らしいことですね）

老師の表情がほんのわずか綻ぶ。けれども私の緊張は募る一方だ。身をかたくしている私にむかって、陳老師はおもむろに切り出す。

「我误会了。这是你认真写下的。我会好好反省」

（私は誤解していました。あなたは真面目にこれを書きました。私は反省しています……）

陳老師が謝罪しようとしている気配に私はやっと気づく。日本語ならば、わざわざ恐縮です、としたいところだったが適切な中国語がすぐに見つからず、没关系（気にしないで）と小声で告げるので精いっぱいだった。陳老師は（私の見間違えでなければ）少しほっとしたようだ。

「妳是位优秀的学生。为了提高你的母语能力、我会努力给予妳适当的指导。也请妳坚持努力到最后」

（あなたは優秀な学生です。あなたの母語の能力を向上させるために、適切な指導を行うことを私は努力します。あなたも最後までがんばってください）

私を見つめる陳老師のまなざしには曇りがない。謝謝陈老师、と頭を下げることが一瞬遅れてしまう。教員室をあとにした私はすっかり拍子抜けした。ふと返却された作文に視線を落とすと、題名である「我的中国语」の「中国语」の部分に二本線が引かれ、「普通话」と訂正されている。

——陳老師はまじめだから、正しい中国語を教えなくちゃって熱心なんだよ。

同学たちの言うとおりだった。そして陳老師にとっては、普通话だけが正しいのもはっきりした。私が記憶に頼って何となく口にする台湾風の発音は、わるい癖として矯正の対象となる。夏の日差しが燦々と射し込む窓辺で私は呟く。

「适《shì》当《dàng》的《de》指《zhǐ》导《dǎo》（適切な指導）……」

口の中がいがらっぽくなる。よほど緊張していたのか、喉がカラカラだった。为了提高你的母语（あなたの母語を向上させるために）と老師は言ってくれるのだけれど、それはほんとうに私の母語なのだろうか？

——子どもの頃からずっと、母のことばを学んでみたいと思っていました。

いつかの自分の無知が情けない。中国語は中国語だと思っていた。でも、ほんとうに母のことばが学びたかったのなら上海ではなく、はじめから台湾に行けばよかったのだという思いがまた頭をもたげてくる。台湾こそが、私の母の国なのだから。

「わたしの母語は、やっぱり普通話のことではないと思うの。たぶん、國語《guó yǔ》のほうがわたしにとって、ほんとうの母語なんじゃないのかなって……」

笑いかけながら見あげると、舜哉は何か考えこむような表情をしている。めぼしいベンチはどれも先客で埋まっていたので、私たちは見渡す中で最も太い幹の樹の陰にいた。

「いつか言ってくれたでしょ。ミーミーは中国語を取り戻しに来たんだねって。わたしもそのつもりだった。でもね、きっとわたし、行き先をまちがえたの。わたしがほんとうに行くべきなのは、上海じゃなくて台湾なんだよ……」

上海で戸惑わされた分、次は台湾に留学して、もっと集中して中国語を、國語を、私の母のことばを学ぼう。そう決めてみたら、見失っていた目標をふたたびつかんだ心地がした。

それなのに舜哉はこんなふうに言って私を惑わせる。

「まあ、台湾にも頑固な中国語教師がいないとも限らないけどね」

「え？」

舜哉はわざと厳めしい表情を作り、

「爲什麼你的國語這麼像大陸人？」

直訳すれば、何故あなたの中国語はまるで大陸のひとのようなのだ、となる。大陸人《dà lù rén》。台湾のおじやおばたち、母もときどき中国人のことを中国人《zhōng guó rén》と表現する代わりにそう言っていた。いつかの父が、天原說的國語有點像大陸人（天原は大陸のものみたいな國語を話す）とからかわれていた記憶が突然よみがえる。

「おれの考えは前と変わらない。どこにいようと、ナニジンと話そうと、ミーミーはミーミーの中国語を喋ればええんや。普通话だから自分のものじゃない、とか、國語なら自分のものだって決めつけてかかってたら、台湾でまた迷子になるで」

「…………」

「それにおれ、ミーミーが自分のチューゴクゴを中国语《zhōng guó yǔ》って言うの、すっごくいいなと思うんや。普通话とも國語ともちゃう。中国语っていうチューゴクゴの中に、ミーミーが赤ちゃんのときに聞いてた國語や、いま学校で教わってる普通话を皆、放り込めてしまう感じがさ。センセイは×つけてるけど、おれなら花丸あげるね」

　舜哉の声が風に揺れている。いつもの香水の匂いが鼻先をくすぐる。と思ったら、舜哉の右手が私の頬に触れる。だれかに、見られるかもしれない。そう思うのに、やわらかく触れられるがままになる。欲情とは異なる。もっと、ささやかな親愛の表現。小鳥が餌をついばむような口づけを二、三度交わしながら、木陰から洩れる夏の光のまばゆさを味わう。親子連れがとおりすぎる。ひとがみたら、私たちを恋人同士と思うだろう。でも、私たちは恋人ではない。

「定義なんかどうでもいい。ミーミーとこうしていられるのが、おれは楽しい」

からかうようなまなざしに私は以前のようにはひるまない。うけてたつ、とばかりに見つめ返し、唇をその耳もとによせて囁く。舜哉の眉間《みけん》にしわが寄る。自分のことばが舜哉の何かをかきたてているであろうことが私は愉快だった。

舜哉とのことは、宙に浮かんだようなもの。上海の、帰国を控えるこの日々の中でしか、成立しようがない。幸福な事故のようなものなのだ。あまりにも現実味がないせいか、彗に対するうしろめたさは一切なかった。

「……明日は、そうしようか」

舜哉が計画してくれるであろうことを思って、私の皮膚の下はひそやかに脈打ちはじめる。その夜、私ははりきって予習と復習にいそしむ。週末には総合試験もある。べんきょうは嘘のようにはかどった。いつか台湾で國語をちゃんと学ぶ。そう決意し、今は課せられたことだけに集中しようと割り切ったとたん、あれだけ負担だった普通话のべんきょうが急に楽になったのだ。玲玲もまたお父さんとの時間が良かったのか北京から帰ってきてからは、以前にも増して勉強に励むようになっていた。終わりを迎えつつある私たちの上海の夜はとても静かだった。

＊

翌日、教壇に立つ陳老師はいつもどおりだった。ちらと私を見るときの視線にもこれといった含みはない。きょうも私たちに、适当的指导（適切な指導）を淡々と行う。

終業ベルが鳴り、まちのぞんだ放課後がはじまる。同学のうちの何人かは、試験勉強のことで日本語学科の学生たちに会いに行く。もうじき終わる留学生活を惜しんで、町に出かける者もいる。松村や赤池が行こうとしている場所が、舜哉とおちあう予定の町と近すぎないことに安堵する。部屋に戻ると、玲玲がよそゆきのワンピースに着替えていた。

「今夜は、発音矯正講座の皆があたしのお別れ会をしてくれるの」

勉強仲間の一人が、夜景の綺麗なコンチネンタル料理のレストランに連れていってくれるという。玲玲も遅くなるのなら、都合がいい。何しろ私もこれから、舜哉と人の目を気にせずにゆっくりと過ごせる場所に行くのだから。

玲玲が出かけてしまってから、私は荷物預り処で受け取ってきたばかりの包みを解く。

——あれ、届いてたよ。

授業のあと、藤井が嬉々としながら私と赤池に告げた。

――旗《qí》袍《páo》。

すっかり忘れていた。思いがけぬ贈り物が届いた心地で、絹の肌触りに快く酔いしれる。着てくればよかったのに、と舜哉が言う。持ってきてここで着たらよかったのに、と真顔で繰り返す。ここで？ 私は苦笑する。ここはいや。それもそうか、と舜哉も笑う。週末に過ごした部屋よりもずっと安普請の、隣室の物音も聞こえてきそうな繁華街の片隅の安宿。それでも魯迅公園の木陰よりはずっとひとめを気にすることなく、したいことをしたいようにすることができる。ふたたび隠れ家に身をひそめた私たちは、互いの生気を存分にあじわう。期間限定の関係だとわりきっていた分、大胆にもなれた。そしてたくさんの話をした。

「根っこばかり凝視して、幹や枝や葉っぱのすばらしさを見逃すなんてもったいないやんか」

ハワイの友だちから教わった土地のことばをいくつか披露したあと、舜哉はそう言った。来年はカナダに行ってフランス語をやる。中国語だけがおれの可能性じゃないんだ。舜哉はそう言うけれど、次は台湾に行きたいという私の気持ちはますます募る。

「わたしは自分の根っこがどうなってるのか、ちゃんと見ておきたい。幹や枝や葉っぱはそれからだな」

寝そべっている舜哉の顔を私はのぞきこむ。迷子になるなよミーミー、とほほ笑む舜哉の声が掠れる。その頬を片手でさすりながら、舜哉こそ、と言い返す。いつもの、あの気取った笑みが浮かぶかと思いきや私をぐいと引き寄せて、

「おれは、迷子になんかならない。目的地がないんやから」

心臓の音が聞こえる。最後は思いきり贅沢に過ごそうか、と囁く声が沈黙を破るまでの短い間、舜哉との上海はうっかり咲いた花のようなものだと思う。

舜哉の案はこうだ。

金曜日の夜、食事したあと和平飯店の、南楼の一室に泊まる。舜哉の爺爺――日本語が得意だった台湾人の祖父――が若い頃、恋人と逢瀬を重ねたところらしい。それに、と舜哉は言い添える。

「ラスタポプロスのいたところでもある」

タンタンと愛犬のスノーウィが「青い蓮」の謎をめぐって冒険した頃からあったホテルなのだと知り、私の胸は高鳴る。それは、大陸にもまだ繁体字が躍っていた頃のこと。文廟の古本市で見つけた雑誌の表紙で妖艶に微笑む女性の姿が私の脳裏に浮かぶ。それから私は絹の旗袍を身に纏った自分がやはり正装した舜哉と和平飯店の南楼でむきあう姿を空想する。

午後五時にここでおちあおう、そのほうが気分がでるからね、と舜哉は私にメモを渡す。創業百年を誇る老舗洋食屋の名が綴られている。

さて、外泊する口実を考えなければならない。玲玲は、私と舜哉のことに何も気づいていなかった。

——だってあたしまだ男子を好きになったことがないもん。

彗しか知らなかったときはまったく感じなかったのに、舜哉とのことがあってから、玲玲に対してある感情が私の中に芽生えていた。玲玲がまだ知らないはずの快感を自分は知っている。中国語では玲玲に太刀打ちできない分、背徳感と優越感がまざりあったようなその感情は疼く。

舜哉との逢瀬のあと部屋に帰ると、もっと遅くなると思っていた玲玲は既に戻っていてシャワーも浴びたあとだった。早かったね、と告げる私に、なんかいい匂いするね、と玲玲。たぶん舜哉の移り香だ。舜哉はあいかわらず例の瑞々しい新緑を思わせる香水をつけていた。

「あのね、舜哉のサボタージュ、まだ続いてるの。月曜からぜんぜん顔をだしてなくて」

「そう」

「ミーミー、なんか聞いてない？」

玲玲に、舜哉とのことを言ってしまおうかと思った。わかってもらえないとは限らない。むしろ、あんたたちらしいよ、と笑ってくれるかもしれない。一瞬、そんな思いがよぎった。でも実際に口から出たのは、さあ、だった。さあ。まるで蘇州の休日以来、一度も舜哉と会っていないかのように。そっか、と玲玲は呟くと、ミーミー聞いてくれる？　意を決したようにこちらを見つめる。

「実はあたしね……」

まさかそんな。思いがけない告白に耳を傾けながら私は、ここ数日の出来事を可能な限り小さく折り畳んで、親友の目に触れることがないように隠しておかなくてはと動揺する。

＊

ありふれた展開だね、舜哉は飄々《ひょうひょう》とそう言い放つ。

「つまり、ミーミーにとってのおれは、親友の好きな男になっちゃったんやな」

舜哉がほとんど動揺していないことに私は苛立った。私のほうは一晩中考えていたのに。

——どっちかしか選べないなんて、もったいない。

舜哉なら、玲玲とも親密になることを望むかもしれない。自分の想像に、私は動揺する。

私が舜哉としたようなことを、玲玲もするのだろうか？　私しか知らなかったはずの快感を、玲玲も知ることになるのだろうか？　舜哉と分かち合う快楽を独占したい。と同時に、あの気高い玲玲を、私の親友を、舜哉のような男に託すことが、ゆるしがたいとも思う。動転しながら私は舜哉に電話をかける。ねむたそうな声で受話器にあらわれた舜哉に話があると告げてから、玲玲に打ち明けられたとおりのことをそのまま伝える。舜哉は冷静だった。リンリンのことは友だちとしか思えない、と断言する。私にしたのと同じことを舜哉は玲玲にしたいとは思っていないと知り、安堵のようなものがこみあげる。と同時に、舜哉を男性として慕う玲玲を思って狂おしさが募る。

——あたし、はじめてわかった。これが、好きということなんだって。

矛盾した感情に引き裂かれそうになりながら、どっちにしろ、と私は声を絞る。リンリンの気持ちを思うとわたしはもう舜哉と……わずかな沈黙のむこうに含みのある微笑を浮かべた舜哉を私は想像する。密室でふたりきりにはなれない。早口でそう告げてから、

「とにかく明日の五時、リンリンと一緒に行くから」

不穏な沈黙が流れる。私はかまわず続ける。

「リンリンの口から直接、リンリンの気持ちを聞いてほしい」

その夜、玲玲に私は告げる。舜哉が三人でオムライスを食べようって言ってるの。玲玲の頬が紅潮する。うれしい、と声を弾ませる姿が愛らしい。それからずっと私の親友はそわそわとしている。

——……ミーミーは、リンリンが失恋するところを目撃したいの？

ちがう、決してそうではない。玲玲は自分の気持ちを舜哉にうちあける権利があると思ったし、玲玲に舜哉とのことを知らせる義務が自分にはあると私は思った。この独断がひどく子どもじみていると気づけないほど私は幼かったのだ。

＊

それは、のどかな宴そのものだった。よく笑い、よく喋る私たちは、だれとだれの間にも何も特別なことはなかったかのようである。少なくともそのように振る舞いつつ、楽しもうと努めることで均衡を保とうとしていた。

はじめこそ、玲玲はやや緊張した面持ちだったが、私たちを出迎える舜哉は私の目にはくつろいだ笑顔を浮かべている。

正装とまでは行かないが、舜哉はスラックスに今まで見た中で最も上等そうなワイシャツを着ている。玲玲はコンチネンタル料理に招かれたときと同じ、シックなワンピース。私はロビーの化粧室で着替えた旗袍《qí páo》を身につけていた。好漂亮（とても綺麗）と背中のホックをひきあげてくれるとき玲玲が囁く。磨き抜かれた鏡の中の自分が気恥ずかしそうに唇を噛んでいた。

——またとない機会じゃないの。

重厚な趣きの高級絨毯《じゅうたん》と、宮廷風の中華装飾。磨き上げられたマホガニーのテーブルと椅子。これ以上、旗袍姿が似つかわしい舞台は確かになかった。すっかり見違えたね、と舜哉が目を細める。見惚《みと》れちゃうでしょ、と玲玲がいたずらっぽく返す。ふたりらしい、いつもの応酬がはじまる。玲玲は自分の思いが既に伝わっていることをまったく知らないし、舜哉は私が自分たちの間にあったことを玲玲に洗いざらい打ち明けてあると思っているはずだ。

——ほらほら、美女のおでましよ。

三人ではじめて過ごした上海文廟での休日が遠い昔に思える。それどころか、あの蘇州小旅行は、たった七日前の出来事なのだ。

老舗洋食屋のテーブルを囲んだ私たちは何もなかったかのように笑っていた。私も、舜哉も、玲玲も。私はオムライス、舜哉はボルシチ、玲玲はナポリタンを食べている。半世紀以上前、私たちの祖父母が今の私たちぐらいの年頃だった時代から続く味だという。まだ、中華人民共和国など存在していなかった頃のこと。時計台の鐘が鳴る。十五分置きに刻一刻と流れ去る時を突きつける。私たちの上海が終わり始めている。

——已经达到了极限。

（これ以上は、むり）

均衡を破ったのは、私だった。

＊

電算室で私は深呼吸する。新着メッセージが二通。もう返信が来ているなんて。クリックする指が震える。

「意味わかんない」

モニター画面の文字を見つめながら、私の鼓動は不安げに速まる。

「急につきあえないって何？　おれはずっと、ミーミーの帰りを楽しみに待ってたのに。どうしてメールなんかでこんな大切なことを？　ひどいよ」

彗の言うとおりだ。こういうことは、ちゃんと顔を合わせてから話すべきだった。

――わたしはもう、彗とはつきあえない。理由は帰ったら話す。空港には迎えに来なくていい。

一昨日、同じＰＣで彗宛てにそう送った。夢が果てたあと、自然と感じた。上海に来る前と同じ顔をして彗とはもう会えない。そのとたん少しでも早くそのことを伝えなければと焦った。でも、まちがっていた。かえって彗を傷つけたようだ。悔やんでももう遅いのだけれど。ひどいよ、で途切れた彗のメールにどう返信したらいいのかわからない。唇を嚙み、もう一通のほうを開封する。中国語が画面上にあらわれる。

「我相信你的普通话每天都有会所进步的。（きみの中国語が日に日に進歩していることを信じている）」

モニターの簡体字をたどりながら、中国語で話すときの父の声を思いだす。

「我的普通话如何？　比起口语，我还是较擅长书写（ぼくの中国語はどうかな？　ぼくはやっぱり話すより書くことのほうが得意だ）」

そんなことない。爸爸的水平比我高。父は私よりも中国語がじょうずだと上海に来てよくわかった。帰ったらそう言ってあげなくちゃ。

「要等可爱的女儿回来，已经等了好久了」

日本語で同じことを言われたら、直接的過ぎてもっと照れただろう。簡体字で綴られた父からの親愛の表現は素直に私の心に沁みいった。

——可愛い娘が帰ってくるのがとても待ち遠しいよ。

夏の光が溢れる。上海の空はみおさめだ。

部屋に戻ると玲玲が電話をしている。

「好了、我懂。不過沒關係啦。畢竟也不是第一次坐飛機……（うん、わかってるって。だから大丈夫よ。飛行機乗るのはじめてじゃないんだから……）」

私も玲玲も、中国語を学びに来た留学先で、日本人のほうの親と中国語でやりとりしている。

（我们的一半是日本人）

私たちの半分は日本人だ、という中国語がこみあげてくる。電話を終えた玲玲が受話器を置き、こちらを見あげる。目の下に隈ができている。

「パーティー、少しだけでも顔を出したら？」

気が晴れるよ、と言いかけて呑みこむ。玲玲は、弱々しく笑って首をふる。

「ごめんなさい。少しひとりでいたいの」

それもそうだろう。だれもわるくない。昨夜の、玲玲のことばがよみがえる。

——どちらかを責めたとしても、たぶんあたし自身が虚しくなるだけ。

私なら、玲玲のように冷静でいられた？　実際に起きたことだけを掬いあげ、納得しようと努めた？　あるいは玲玲も納得などしていないのかもしれない。私が電算室にいる間に玲玲のものはすっかり片付いていた。数日前までクローゼットの中にあったスーツケースがベッドの脇に寄せてある。それが視界に入るだけで私たちの部屋と呼ぶにはもう、何だかよそよそしい。突っ立っている私に、ひとりにして、と玲玲は切なげに繰り返す。

（舜哉とは二度と会わない）

四週間滞在した招待所の廊下を一歩一歩踏みしめるように私は歩く。いつかの射的の景品である鼻のとれたパンダも置いていこう。

清水と松村の部屋をノックすると、欢迎《huān yíng》、欢迎《huān yíng》と寺岡がドアを開けてくれた。年長者の近藤は椅子に腰かけているが、あとのメンバーはベッドか床に直に座っていた。私以外の全員がもう揃っていた。胡はもちろん、日本語学科の学生も数人いる。きょうが上海で過ごす最後の夜なのだ。椰奶《yén nǎi》（ココナッツミルク）が手に入った、と喜んでいた清水が共同厨房でカレーをつくってくれた。バイト先であるスリランカレストランのコック直伝のカレーはスープのようにさらさらとした独特の味わいが新鮮で美味しかった。

一時間も経った頃だろうか。赤池と藤井が目配せしあう。油川が電灯を消した。ドアのむこうからバースデーケーキをもってあらわれたのは、なんと玲玲だ。「親友」の思わぬ登場にひどく驚く私を同学たちが可笑しがる。

「ちょっと早いけれど、おめでとう」

玲玲の声に、芯が戻っている。涙ぐむ私を、泣くほどうれしいの？　とからかう目つきも共犯者を見るときの、いつもの調子だった。玲玲に続いて私を祝福する日本語と中国語が飛び交う。おめでと天原、生日快乐、お誕生日おめでとう、天原生日快乐！　……胡が、大家一起唱吧！（みんなで歌おう！）と指揮をする。

Zhù nǐ shēng rì kuài lè……

歌が終わると拍手が湧いた。谢谢……口から自然と中国語がこぼれた。

「谢谢大家！」

拍手がさらに大きくなる。

その夜の玲玲はふっきれたように、だれよりも陽気にはしゃいでいた。

あなたの中国語は大変じょうずです、と褒める日本語学科の学生たちに、じょうずと褒められるようではあたしの中国語もまだまだだってことね、と切り返しその場の全員をうならせる。お父さんが台湾の方ならわれわれは同胞ですね、と言う胡にも一切ひるむことなく、人類皆兄弟が信条のあたしに言わせたら日本人もアメリカ人も同胞よ、と言ってのける。

――あたしは、みんなとはちがうんだもの。

玲玲が中国の学生たちや日本の同級生たちをぽかんとさせるのを見ていると、何があっても玲玲は玲玲なのだなと嘆息せずにいられない。

「ミーミー、生日快樂！」

日付が変わった瞬間、玲玲が私に抱きつく。それが合図となって、私を祝福する同学们たちの声がふたたび飛び交う。日本語、中国語……サンニェクワロという上海語も聞こえる。

再び、出発前夜

十九歳から二十歳になろうとしていた頃の私に、いつか自分が中国語を教えるようになる、と伝えても、たぶん、信じてもらえない。

――わたしが教える？　学ぶだけで、こんなにも手こずっているのに？

そんなふうだった私がいま、中国語の教師として当時の自分と同世代の学生たちに日々接している。

「天原《Tiānyuán》老《lǎo》師《shī》！」

そう言って駆け寄ってくる鼓鼓もその一人だ。鼓鼓のお父さんとお母さんはふたりとも日本生まれの台湾人。「鼓《つづみ》」と名づけた娘のことを「つづみ」ではなく「ぐーぐ」と呼ぶ。ぐーぐ、という音の由来が「鼓《gǔ》」という中国語から来ていると鼓自身が知ったのは小学校三年生のとき。そのとき決意した。

——おとなになったら中国語をべんきょうする！

大学の第二外国語だけでは物足りない、と鼓鼓は半年前から私の教える夜間講座に通っている。潑剌《はつらつ》と楽しそうに、両親の「母国語」だったかもしれない言葉を学ぶ。中国語ぜんぜん知らなかった、と言いつつも、「南方訛り」の発音になることがある。ある年配の学生がどことなく揶揄《やゆ》する調子で鼓鼓にそう指摘したとき、私は皆にむかって宣言した。

——そうなってしまうのは、かのじょが祖父母や両親たちが喋る中国語を聞いてきた証なのよ。

台湾にルーツをもつ鼓鼓のような学生に限らない。独学で中国語を学んだことがある学生の中には、発音に独特の癖がついてしまっているひともいる。そういうとき私はよく言う。

——完璧な発音なんて目指さなくてもいい。ネイティブにだって、そんなひとはいないんだから。日本語と同じ。でも、通じない発音というのはある。わたしが教えたいのは、きちんと通じるための発音なの。

中国語を教える仕事は、思っていたよりも私に向いていた。クラスに気の合う学生がいれば、なお楽しめた。今夜も鼓鼓は、教師というよりは仲の良い友だちに訊く調子で私に問いかける。

「天原老師、ここ辞めちゃうんだって？」

母校である漢語学院やいくつかの私立大学の非常勤講師をかけもちしながら数年間を過ごしてきたけれど、いよいよ私も「就職」することになった。私を雇ってくれる「会社」は台湾の高雄にある。恩師である邱氏が私財をなげうって設立した「寺子屋」だ。邱氏とは、台北で知り合った。漢語学院を卒業すると私は、「國語」を学ぼうと意気込んで台湾に向かった。上海のときと同様、台北の語学センターでも授業は午前中で終わる。午後は併設の大学でいくつかの授業を聴講した。特に、「国語教育と母語の維持」という演目の講義に私はのめり込んだ。少子化の影響で台湾では子どもの数が減少傾向にもかかわらず、「外籍配偶」と呼ばれる東南アジアや中国大陸出身のひとたちを親に持つ児童の数は増加しつつある……担当講師の邱氏は、統計を示しながら話す……台湾出身者と外国籍所持者の間にうまれた子どもたちは、新台湾の子、と呼ばれています……私は目が眩むような思いで「新台湾之子」という中国語をメモしたのだ。

――「母親から受け継いだ言葉」と形容されがちな「母語」は、本当に一つなのか。ぼくは、こうした子どもたちの「母語」は複数の言語から成っていると思う。

毎時間、最前列で熱心にメモをとる私を邱氏はすぐに覚えてくれた。学期の最終日、私は意を決して自分のメールアドレスを書いたメモを邱氏に渡すことにした。邱氏は快く受け取ってくれただけでなく、その場で自分の研究室に招いてくれた。邱氏が淹《い》れてくれたプーアル茶を啜りながら、私たちは長々と話し込んだ。邱氏は日本語ができない。だから私が（子どもの頃をのぞけば）ひとりのひとと、あれだけ長く中国語を喋ったのはうまれて初めてのことだった。我感覺我們不是第一次見面（何だか初めて会った感じがしない）、邱氏に私は同意する。

——いつか、あなたのようなひとが台湾の子どもたちに中国語を教える日が来ることをぼくは望むよ。

邱氏との出会いに触発された私は日本に帰国後、大学編入試験を受けた。社会言語学を学ぶことにしたのだ。その後、私の学生生活は想像以上に長引き、「年少者向けの〝日本語教育とその課題——中国語母語の親を持つ子どもが対象の場合——〟」と題した修士論文を提出したときは、既に二十代が終わろうとしていた。その年の末、邱氏と東京で再会する。偶然ではない。私たちは十年近く、定期的に連絡をとりあっていた。卒業論文を書いたときも修士論文を書くときも、邱氏は何かと力になってくれた。東京で数年ぶりに再会した邱氏は、台北の大学で講義をしていたときよりも若々しい感じがした。食事をしながら、父が鬼籍に入り纏まったお金が自分に遺された、と邱氏は私に告げた。それで思い切って大学を辞めて、故郷の高雄で「新台湾の子」たちのための「寺子屋」を開こうと思っている、と。

――きみさえよければ、ぼくの力になってくれないか？

すぐに「好（はい）」とは言えなかった。邱氏は、そりゃそうだろうね、と笑う。よく考えてからでいい、今すぐでなくても、と言いその夜は別れた。

――我一直在等妳。

（ぼくはきみのことをずっと待っている）

邱氏の誘いを断ったすぐあと、今では漢語学院の学院長をつとめる鄭老師から平日夜の入門講座を担当しないかと声をかけられた。こちらは即答で引き受けた。むしろありがたい申し出に感謝した。そのうち、いくつかの大学でもかけもちするようになった。どこでも必ず、鼓鼓のような、父親か母親のどちらかが、あるいは両方とも中国や台湾出身の学生がいることに気づく。知らずしらずのうちに、そのような学生には目をかけてしまう。

――こうした子どもたちの「母語」は複数の言語から成っている。

邱氏のことばが、いつも心の片隅にあった。邱氏のほうでも私のことを常に気にかけてくれているのか、仕事のことで相談するたび親身になって向き合ってくれる。邱氏の「寺子屋」に通う子どもたちの話を聞かせてもらえることも私には興味深いことだった。

――この秋から、未就学児童も受け入れることにしたんだ。あいかわらず、きみの力を求めている。

はじめて打診されたときから五年が過ぎようとしていた。今度は迷わなかった。むしろ機が熟したと思った。

今夜の漢語学院が、私の日本でのひとまず最後の授業となる。来学期も天原老師の授業をとりたかったのに、と鼓鼓がかわいいことを言ってくれる。中国語を上達させて高雄へ会いに来たらいいわ、と言うと、行きたーい、と台湾好きな——いつかの油川のような——別の学生が反応する。鼓鼓の肩越しに他の学生を見渡しながら私は、欢迎大家来高雄找我（みなさんが高雄に来るのを待ってますから）、と告げる。今も漢語学院は私が十代のときと同じで、特に夜間講座にはさまざまな経歴の学生がいた。

「ねえねえ、天原老師が台湾に行っちゃって泣く彼氏はいないの？」

私は鼓鼓のおでこをこつりと打つそぶりをする。

「いっぱいいるけど、気にしない」

他の学生たちも笑う。結婚していない理由を問われるといつも私はこんなふうにはぐらかすのだ。

——選択肢がたくさんあって、一人に絞れないの。

玲玲なら、余計なお世話、とはねつけるところだろう。

——結婚なんてただの制度じゃないの、絶対にしなくちゃならないなんて中国人じゃあるまいし。

その後、決まって玲玲はこう続ける。自分がパートナーであるPatrickと入籍したのは、生活上の不都合を軽減するためで、それ以上でもそれ以下でもない。うまれ育った東京ではなく、長い学生生活を送った北京や父親の出身地である台北でもなく、玲玲がバンクーバーを拠点にそれぞれを飛び回っているのは、そこにPatrickとの家があるからだった。

漢語学院を卒業したあと、玲玲は北京の大学に正規留学する。二度目の中国行きを控える玲玲に、かのじょの母方の祖父はニコニコしながら言い聞かせようとした。

——あのな、数をかぞえるときは、イー、アール、サン、シー、ウーと言うんだぞ……

二十歳を過ぎている玲玲のことを、幼いときの自分の娘——玲玲のお母さん——と勘違いしていたのだ。玲玲の母方の祖父は大陸からの引揚者だった。玲玲が同学のPatrickを誘って山東省を旅したのは、その祖父が亡くなった翌年だ。祖父が暮らしたという村のはずれの草原で両手を合わせていたらPatrickが煙草を一本とりだす。一服するのかと思ったら、玲玲の足元にそれを恭しく立てる。Joss stick。そう呟くとPatrickは火を点けた。北京に中国画を学びに来ていたPatrickの母方の祖父母も中国人だった。

……まもなく四歳になる玲玲とPatrickの息子のKenは家の中では中国語を喋り、幼稚園では英語をつかう。数日前、スカイプで話したときに玲玲は言っていた。

——でも、オバアチャン、の発音だけはじょうずなの。ママが喜ぶからね。ママったらね、あたしには中国語以外喋らせなかったのに、Kenが日本語喋ると大喜びなのよ。

いつかKenは、日本に留学するかもしれない。自分の目で、母親が育った国を見ておこうと決心して。あるいは、もっと軽い気持ちで、ちょっと立ち寄る心地で訪れるのだろうか？　何しろ日本や日本語だけが、Kenの彼方に連なっているのではないのだから。

——根っこばかり凝視して、幹や枝や葉っぱのすばらしさを見逃すなんてもったいない。遠いむかし、あたしたちがまだほんの少女だった頃、そんなふうに謳っていたひとがいたわね？　……玲玲の瞳がいたずらっぽく輝く。あらいったいだれのこと？　とぼける私に、

——ふふ。で、龍舜哉《LóngShùn zāi》は、今、どこにいるの？

——まだアモイみたい。最近は、ハノイにもよく行くらしいけど。

私や玲玲と同じで、長期にわたる学生生活を満喫したあと龍舜哉は、兄が父親から継いだ家業は手伝わず、台湾人といってもマレーシア華僑である友人の伯父が興した会社に出入りするようになった。

——龍舜哉、ベトナムも行くんだ？　あいかわらず根なし草なのね。

Kenを出産した年に玲玲は東京で、舜哉と再会している。玲玲が母親になったことを大袈裟なほど感動する舜哉に、私の友だちはぴしゃりと言い放つ。

――あたしのことを、いまも十九歳のままだと思ってたの？

三人で集まったのは、旧江海関の裏手にある老舗洋食屋での〝宴〟以来だったが、私も玲も舜哉も、まるできのうまで毎日会っていたような調子でよく笑い、よく喋り、よく楽しんだ。

高雄に行こうと決意した日の夜、光輝く河の畔をそぞろ歩きする夢を見た。一度おとずれたきりの蘇州が私の夢にあらわれたのは、この十五年ではじめてのことだった。目が覚めたあと、十九歳から二十歳になろうとしていた時期に上海へ行ってほんとうによかったと感じる。上海を経たあとに台湾と出会ったからこそ私は、自分の根っこはまっすぐのみではなく、あらゆる方向にむかってふくよかに伸ばせるものだと知ったのだ。

――根なし草？　はは。どこにでも根がおろせるんだよ。

龍舜哉とは今でも数年に一度、どこかの町でおちあって、ひたすら話し込む仲だ。東京、台北、横浜、シンガポール、神戸……どこで会っても、例の西日本語と、かれ曰く「おれの中国語《zhōng guó yǔ》」を操りながら舜哉は飄々と生きていた。舜哉の近況を聞いたり、自分の話を舜哉にしたあとは、いつも前向きな気持ちになった。むかしのことを思うとこそばゆくもなるけれど、それも含めて、あいかわらずかれは私にとって興味深い存在だ。そして、舜哉にとっての私もまたそのようなのである。何せおれたちは愛の子だから、と笑いかけるときのそのまなざしは知り合った頃からずっと変わらない。

「あたしがはじめて台湾に行ったのは、ひいおばあちゃんのお葬式のときだったの。そのときにみんな中国語しゃべってて、かっこいいなあって言ったら、ぐーぐ、おまえの名まえも実は中国語なんだぞってパパが教えてくれた……」

私の教え子たちにも「愛の子」はたくさんいる。これから、きっともっと出会うことになる。

最後の授業を終えて家に帰ると、母の包みおえたギョーザがテーブルにずらりとならんでいる。この贅沢な光景を次はいつ拝めるかわからないのでスマートフォンで撮影しておくことにする。

「ミーミーは四歳のときも十九歳のときもおなじ。何食べたいか訊くと、ギョーザしか言わない。でももともと今日は……」

声がするほうを振り返った私は、エプロンをつけた母にギョーザと一緒に写るように立ってもらう。撮影したばかりのスマートフォンの画像を示しながら、ホームシックになったらこれを眺めるの、と伝えたら母は、ママとギョーザどっち見るの？　と笑う。邱氏と出会った一年足らずの留学期間をのぞけば、三十年ぶりの本格的な台湾暮らしが待っている。それも何年になるかわからない。出発前夜のきょうの夕食は母の水餃《shuǐ jiǎo》でなければ。もちろん、すぐさま父も賛成してくれた。

　たっぷりと盛られた母の水餃を前にして、私たち父娘はあいかわらず揃って頬を緩める。お皿の中のギョーザが半分ほどになった頃、琴子の就職を機に皆で台湾に「再移住」するのもありかな、と父は切り出した。ぼくも来年退職するしね、と。冗談めかした口調ではあるが、私には父が真剣にそれを考えていることが伝わる。父と母と台湾で暮らす光景が一瞬、私の脳裏にも浮かぶ。少しの沈黙のあと、あたしはこのまま日本にいたい、母はやわらかな口調で父の提案をきっぱりと退ける。

「已經在這裡住了三十年了。現在從台灣回日本的時候、更有回家的感受。更何況、媽媽也已經不在了……」

（もう三十年もここで暮らしてきた。今では台湾から日本に戻ってきたときのほうが、帰ってきたという感じがする。それにママももういない……）

　私の祖父母にあたる四人のうち、最も長生きした母方の祖母は、五年前――私が三十歳になる年――に永眠した。

　父は少し残念そうに、如果你堅持的話、我就那樣吧と呟く。きみが望むのならそうしよう。あくまでも母の意思を尊重する父が娘の私にも愛らしくみえる。いつかの父も、母にこんなふうに返事をしたのだなと思う。そう、台湾のおとなたちが喋るのを真似ながら中国語と台湾語を身につけつつあった幼い私に、ほんものの日本語を聞かせてやってほしいと母が願ったとき。

（如果你堅持的話、我就那様吧）

自分の意思を中国語で尊重してくれる夫に対し、

「そうよ。あたし、日本長いよ。日本、もう外国じゃないよ」

茶目っ気たっぷりの日本語で断言する母に、父の目はまた細くなる。娘の私から見ても、いつまでも仲の良さそうな夫婦なのだ。そう思ったとたん、私の心はかすかに軋《きし》む。そんなふたりが孫に恵まれていないことが心苦しい。そう切り出す自分の声が、震えてしまう。口にしたのは初めてだけれど、ここ数年、ずっと気になっていたことだった。別這麼説吧、先に口を開いたのは父だ。

「そんなふうに言うのはよしなさい。きみが、そのことで苦しんでいるほうが、ぼくらを悲しませるんだぞ」

涙ぐむ私の顔をあげさせてから、知道了嗎？　わかったか、と中国語で念を押し、目を細める。母語である日本語の反響が感じとれる、父の中国語。この響きもまた、私の母語《mǔ yǔ》の一部なのだ。母のことばはもっと大らかだった。

「パパとママ、ふたりとても仲良し。コトコちゃん幸せ。それでたっぷり幸せ。ホオミヤアよ」

ホオミャア。幸運にめぐまれた、とか、幸福な星のもとに生まれた、といった意味のこの台湾語は母のむかしからの口癖だった。母はいつもこうだ。自分に授けられた運命を、よいものとして抱きとめようとする。私も、そんなふうに生きていきたい。きっとできるだろう。この父と母の間に生まれ、育ったことは私にとって幸運にちがいないのだから。ありがと、早口で告げてから、涙ぐんでしまった照れくささをふりはらいたくて、笑って笑って、少々おおげさに声をかけながらスマートフォンのカメラを両親に向ける。ほらもっとくっついて、と言われて素直に身を寄せるふたりの姿を私は撮る。なかなかうまく撮れた。画面をかざしながら言う私に、あとでパパにも送ってよ、と父が言う。じどり、じどり、と母がどこかから教わったばかりの日本語を口にしながら私を手招く。父と母の真ん中に立ち、ふたりの肩を私は抱く。父が右腕をのばして、イー、アール、サン、と数えている。この瞬間を、新しく始まる日々のどこかで、きっと私は思いだす。

「拍得好嗎（うまく撮れたかな）？」

とたずねる父に、讚《zàn》（ばっちり）、私は親指を立てて応える。スマートフォンの中に笑い顔が三つ。昨夜、私が古いアルバムからぬきとった写真と同じだ。その一枚には、五歳になった日の私と、いまの私よりも若い父と母が写っている。ろうそくを五本立てたケーキを囲む顔は三人とも「笑《xiào》咪《mī》咪《mī》」だ。新旧の「全家福（家族写真）」を思い浮かべながら、あれから三十年の月日がながれました、と口ずさみたくなる。おとなになったミーミーは父と母が暮らす日本から台湾へと旅立つのです。

出発の日は、偶然にも、十五年前に上海から帰国したときと同じ日付だ。

初出　「すばる」二〇一七年四月号　単行本化にあたり、加筆・修正を行いました。

温又柔

おん・ゆうじゅう

一九八〇年、台湾・台北市生まれ。三歳の時に家族と東京に引っ越し、台湾語混じりの中国語を話す両親のもとで育つ。二〇〇九年、「好去好来歌」ですばる文学賞佳作を受賞。一一年、『来福の家』（集英社、のち白水Uブックス）を刊行。一三年、音楽家・小島ケイタニーラブと共に朗読と演奏によるコラボレーション活動〈言葉と音の往復書簡〉を開始。同年、ドキュメンタリー映画『異境の中の故郷――リービ英雄52年ぶりの台中再訪』（大川景子監督）に出演。一五年、『台湾生まれ　日本語育ち』（白水社）を刊行。同書で第六四回日本エッセイスト・クラブ賞受賞。

真《ま》ん中《なか》の子《こ》どもたち

二〇一七年七月三〇日　第一刷発行

著　者　温《おん》又《ゆう》柔《じゅう》
発行者　村田登志江
発行所　株式会社集英社
〒一〇一－八〇五〇　東京都千代田区一ツ橋二－五－一〇
電話　〇三－三二三〇－六一〇〇（編集部）
〇三－三二三〇－六〇八〇（読者係）
〇三－三二三〇－六三九三（販売部）書店専用
印刷所
製本所　中央精版印刷株式会社

定価はカバーに表示してあります。
 ISBN978-4-08-771122-6 C0093